यूनान में दर्शनशास्त्र

दर्शनशास्त्र : पूर्व और पश्चिम ग्रंथमाला-4
संपादक : देवीप्रसाद चट्टोपाध्याय

यूनान में दर्शनशास्त्र

लेखक
रासबिहारी दत्त

अनुवाद
सुशीला डोभाल

राजकमल पेपरबैक्स

पहला पुस्तकालय संस्करण
राजकमल प्रकाशन प्राइवेट लिमिटेड द्वारा
1992 में प्रकाशित

राजकमल पेपरबैक्स में
पहला संस्करण : 2022
दूसरा संस्करण : 2024

राजकमल पेपरबैक्स : उत्कृष्ट साहित्य के जनसुलभ संस्करण

राजकमल प्रकाशन प्रा.लि.
1-बी, नेताज़ी सुभाष मार्ग, दरियागंज
नई दिल्ली-110 002
द्वारा प्रकाशित

शाखाएँ : अशोक राजपथ, साइंस कॉलेज के सामने, पटना-800 006
पहली मंजिल, दरबारी बिल्डिंग, महात्मा गांधी मार्ग, प्रयागराज-211 001
1, अनमोल सोराबजी संतुक लेन, धोबी तलाव, मरीन लाइंस, मुम्बई-400 002

वेबसाइट : www.rajkamalprakashan.com
ई-मेल : info@rajkamalprakashan.com

बी.के. ऑफसेट
नवीन शाहदरा, दिल्ली-110 032
द्वारा मुद्रित

मूल्य : ₹250

YUNAN MEIN DARSHANSHASTRA
by Ras Bihari Dutta

ISBN : 978-93-94902-95-4

संपादक की प्रस्तावना

यह बड़े दुख की बात है कि आज जब दर्शन की सबसे अधिक आवश्यकता है तब उसके प्रति व्यापक उपेक्षा देखने को मिलती है। देश का नैतिक और बौद्धिक वातावरण बुरी तरह विषाक्त हो चुका है जिसके कारण बढ़ती हुई असहिष्णुता और हत्याओं के दर्शन हो रहे हैं और इनके पीछे वे विचार कार्यरत हैं जो बुद्धि और मानवता दोनों की कसौटी पर खरे नहीं उतरते हैं। यह बात कहने की नहीं है कि विचारशीलता की जगह पाशविकता, प्रेम की जगह उत्पीड़न, और शुभता की जगह लोभ ने ले ली है। कोई यह दावा नहीं करता कि दर्शन अकेले इन तमाम बुराइयों का हल हो सकता है। मगर हमारा यह दावा अवश्य है कि दर्शन के बिना न तो इनका उन्मूलन हो सकता है और न ही विचारशीलता की पुनर्स्थापना हो सकती है। लगभग ढाई हजार वर्षों से अधिक समय तक कुछ योग्यतम और श्रेष्ठतम मनुष्यों ने दर्शन की समस्याओं में अपना सर खपाया है। उनके जो भी विचार और उपदेश रहे हों, आवश्यक नहीं कि वे सब के सब आज की आवश्यकताओं के लिए प्रासंगिक हों, फिर भी जो कुछ अन्य लोगों ने कहा है वह अधिकाधिक बिगड़ती जा रही वर्तमान स्थिति से निबटने के लिए विचारों के एक महान भंडार का काम अवश्य दे सकता है। साथ ही यह भी आवश्यक है कि उनके विचारों को अभिजात वर्गों के एक छोटे-से दायरे तक सीमित न रहने दिया जाए। आज जो विषाक्त वातावरण हमारे चारों ओर है, उसकी जगह एक नए प्रकार के बौद्धिक वातावरण के निर्माण के लिए आवश्यक है कि इन विचारों को जनता तक ले जाया जाए और ये जनता के लिए प्रेरणा के स्रोत बनें। लोकप्रिय विश्व-दर्शन शृंखला के रूप में एक लघु पुस्तकालय तैयार करने के इस प्रयास के मूल में यही विचार है।

देवीप्रसाद चट्टोपाध्याय
3, शंभुनाथ पंडित स्ट्रीट, कलकत्ता
पिन : 700020

1 मई, 1990

लेखक की भूमिका

बेहतर होगा कि मैं आरंभ में ही यह बात स्वीकार कर लूं कि मैं यूनानी अध्ययन का विशेषज्ञ न होकर मात्र दर्शनशास्त्र का एक छात्र हूं। ऐसी विशेषज्ञता का दावा इतना दिखावा और बकवास होगा कि उसका शायद ही जिक्र करने की जरूरत हो। इस अध्ययन को हाथ में लेने का एकमात्र कारण यूनानी दर्शनशास्त्र की सही समझ के प्रति वह उत्साह है जिसे मेरे गुरु, प्रोफेसर देवीप्रसाद चट्टोपाध्याय ने मेरे अंदर जगाया है। जिन दिनों मैं उनके मार्गदर्शन में अपने शोधप्रबंध के लिए कार्य कर रहा था तो सौभाग्य से मुझे उनका भरपूर स्नेह मिला और इस हद तक मिला कि दर्शनशास्त्र की बुनियादी भावना से मेरा परिचय हुआ। परिणामस्वरूप मैं स्वयं को दर्शनशास्त्र का सचमुच ही एक गंभीर छात्र बना सका, यानी उस अर्थ में जिसमें वे इसे लेते हैं। यहां मुझे यह कहने दिया जाए कि मेरे शोधप्रबंध का विषय भारतीय दर्शनशास्त्र से, उसके सीमित अर्थों में, संबंधित था। मगर प्रोफेसर चट्टोपाध्याय के नज़दीक भौगोलिक आधार पर दर्शनशास्त्र के इस विभाजन की कोई खास अहमियत नहीं है। उनकी राय में दर्शनशास्त्र एक विश्वव्यापी शास्त्र है जिसमें अलग-अलग कालों में अलग-अलग देशों के विभिन्न चिंतकों ने विभिन्न रूपों में अपना योगदान किया है—कभी सकारात्मक रूप में तो कभी-कभी नकारात्मक रूप में भी। इसलिए जब मैं उनके साथ कार्यरत था तो उन्होंने मुझे यह छूट नहीं दी कि भारत के प्राचीन और मध्यकालीन चिंतकों ने दार्शनिक विषयों पर जिन रूपों में विचार किया है और उनको हल करने की कोशिशें की हैं, मैं केवल उन्हीं रूपों तक अपने-आपको सीमित रखूं। संक्षेप में, मैंने यह भी सीखा कि दूसरे देशों के दर्शनशास्त्रियों ने भी उन्हीं प्रश्नों को किस तरह उठाया और उन पर किस तरह विचार किया है, बावजूद इसके कि उनके बीच सतही तौर पर शब्दावली संबंधी और अन्य अंतर रहे हैं। चूंकि मेरे शोधप्रबंध का विशिष्ट विषय वह दार्शनिक नज़रिया रहा है जिसे आमतौर पर विचारवाद (आइडियलिज़्म) कहा जाता है, इसलिए मैंने अपने कार्य के दौरान प्राचीन यूनान, बल्कि आधुनिक यूरोप तक की मूलभूत समानता को देखना सीखा। यही कारण है कि भारतीय इतिहास में जिस परंपरा का प्रतिनिधित्व सनतकुमार, याज्ञवल्क्य, नागार्जुन, वसुबंधु, शंकर और दूसरों ने किया है, उसे समझने के लिए मुझे अक्सर प्राचीन यूनान में पार्मेनिदीज़ और अफलातून (प्लेटो) जैसे चिंतकों की विचारधारा का भी विश्लेषण करना पड़ा है।

हमारे परास्नातक अध्ययन के दिनों में निःसंदेह हमसे प्राचीन यूनान की दार्शनिक

गतिविधियों का एक कामचलाऊ ज्ञान प्राप्त करने की अपेक्षा की जाती थी। इसके लिए हमारे परास्नातक-स्तर के अध्यापकों ने हमें कुछ पुस्तकों के नाम बतलाए, जिन्हें आमतौर पर यूनानी दर्शनशास्त्र की प्रामाणिक पाठ्य-पुस्तकें समझा जाता था। केवल अपने-गुरु के अधीन कार्य करते समय ही मुझे यह एहसास हुआ कि विषयज्ञान के नाम पर हमने कौन-सा भानुमती का पिटारा प्राप्त किया है। निःसंदेह हमने यह जाना कि थेल्स से लेकर अरस्तू तक विभिन्न चिंतकों के जो विचार थे, केवल वे ही विचार उनके क्यों थे; और इससे भी अहम बात यह समझना था कि ये विचार आखिर हमें किस तरफ ले जाना चाहते हैं। संक्षेप में, इन चिंतकों के सामाजिक परिवेश और उनके सिद्धांतों और विचारों के सामाजिक परिणाम मेरे जैसे छात्र के लिए, और अगर मैं बहुत गलती पर नहीं हूं तो मेरे अनेक सहपाठियों के लिए भी, अपरिचित ही रहे। संक्षेप में, यूनानी दर्शनशास्त्र अधिक से अधिक हमारी कुछ अस्पष्ट जिज्ञासाओं को ही शांत कर सकता था, और कुल मिलाकर ये यूनानी जीवन से असंबद्ध थीं। विषय की ऐसी समझ प्रोफेसर देवीप्रसाद चट्टोपाध्याय के लिए पूरी तरह असंतोषजनक थी, और उनके अधीन काम करते हुए मैंने भी धीरे-धीरे समझा कि ऐसा क्यों है। मगर साथ ही मुझे इसका एहसास भी कराया गया कि अंग्रेजी में ऐसी अनेक अद्‌भुत पुस्तकें मौजूद हैं जो प्राचीन यूनानी विचारधारा पर भरपूर प्रकाश डालती हैं। बहरहाल, प्रोफेसर चट्टोपाध्याय इन पुस्तकों को पढ़ने के लिए मुझ पर बेपनाह जोर डालते रहे हैं, ताकि भारतीय दर्शनशास्त्र की मेरी समझ सुधर सके; भले ही यह बात विरोधाभासपूर्ण लगती हो।

यहां मैं खासकर दो ब्रिटिश दर्शनशास्त्रियों—जॉर्ज थॉमसन और बेंजामिन फैरिंगटन—की रचनाओं का जिक्र करना चाहूंगा। यूनानी भाषा-साहित्य के महानतम विद्वानों में होने के अलावा इन्हें उन भौतिक परिस्थितियों में गहनतम अंतर्दृष्टि प्राप्त है जिन्होंने यूनानी विचारधारा को आकार-प्रकार दिया। यह अंतर्दृष्टि इतनी गहन है कि थेल्स से लेकर अरस्तू तक का सारा वैचारिक विकासक्रम एक अजीबोगरीब रंगारंगी से भरपूर नज़र आता है, और इसे समझे बिना आमतौर पर दर्शनशास्त्र की मेरी अपनी समझ यकीनन बहुत-कुछ कच्ची रह गई होती।

मुझे क्षमा किया जाए कि अब मैं अपने गुरु को दार्शनिक विषयों में कोई समझौता न करनेवाला और साथ ही कठोरता से काम लेनेवाला व्यक्ति बतलाने जा रहा हूं। इसलिए जब उन्होंने मुझसे यह छोटी-सी पुस्तक लिखने को कहा तो मैंने तुरंत यह अनुभव किया कि इसका कारण यह नहीं कि वे मुझसे यूनानी दर्शनशास्त्र की विशेषज्ञता के प्रदर्शन की आशा करते हैं, बल्कि खास बात यह है कि वे सामान्य स्तर पर दर्शनशास्त्र की मेरी अपनी समझ को सुधारने की आशा रखते हैं। इसके अलावा इस पुस्तक पर काम करते समय मुझे कभी इसकी छूट नहीं दी गई कि मैं जॉर्ज थॉमसन, बेंजामिन फैरिंगटन और कुछ दूसरे विद्वानों के महान योगदान को भूल सकूं। मुझसे बार-बार यह कहा गया कि इस छोटी-सी पुस्तक को अगर मैं स्वयं प्राचीन यूनानियों द्वारा अभिव्यक्त

यूनानी जीवन-दर्शन की वैज्ञानिक विवेचनाओं का संग्रह बना सका तो इससे दर्शनशास्त्र की मेरी अपनी समझ ही नहीं सुधरेगी, बल्कि यह सामान्य पाठकों के लिए भी बहुत उपयोगी हो सकेगी। मुझे इसके लिए भी प्रोत्साहित किया गया कि सुरुचि-कुरुचि का ध्यान रखे बिना मैं इन विद्वानों के लंबे-लंबे उद्धरण दूं। आज दूसरों की रचनाओं से लंबे-लंबे उद्धरण देने को आमतौर पर हतोत्साहित किया जाता है, यद्यपि यह स्पष्ट है कि सामान्य पाठकों से थॉमसन, फैरिंगटन और अन्य विद्वानों को परिचित कराने का सबसे अच्छा तरीका यही है कि इन विद्वानों को स्वयं अपनी बातें कहने का मौका दिया जाए।

प्रस्तुत पुस्तक को तैयार करते हुए मैंने एक और छोटी-सी पुस्तक का बहुत फायदा उठाया है, और बेहतर है कि मैं उसका जिक्र यहां करूं। यह है अलबर्ट श्वेगलर की *ग्रीक फिलॉसफी।* थॉमसन और फैरिंगटन, दोनों ही अगर प्रतिबद्ध मार्क्सवादी हैं तो श्वेगलर हैं एक प्रतिबद्ध हेगेलवादी। जैसाकि सुज्ञात है, मार्क्सवादी हेगेलवादियों से एक महत्वपूर्ण प्रश्न पर एकमत हैं और वह यह कि दोनों ही द्वंद्ववादी दृष्टिकोण के समर्थक हैं। श्वेगलर की *ग्रीक फिलॉसफी,* बावजूद इसके कि वे हेगेल के कट्टर अनुयायी हैं, मूलतः द्वंद्ववादी दृष्टिकोण का एक उदाहरण है। यूनानी विचारधारा के विकास की अपनी समझ को श्वेगलर ने भी हेगेल के आदर्शवाद के खांचे में ही रखा है। फिर भी, इस खांचे के अंदर उनकी जो भी उपलब्धि रही है वह हमारे लिए बहुत महत्वपूर्ण है, और इस छोटी-सी पुस्तक से मैंने लंबे-लंबे उद्धरण दिए हैं।

कुल मिलाकर, प्रस्तुत पुस्तक एक मौलिक शोधग्रंथ कम और एक संग्रह अधिक है, जिसमें स्वयं दर्शनशास्त्रियों के विचारों (उनकी कृतियों के प्रामाणिक अनुवादों से) तथा उनके कुछ बेहतरीन टीकाकारों के विचारों और विश्लेषणों को खुलकर उद्धृत किया गया है, ताकि प्राचीन यूनान में दर्शनशास्त्र की स्थिति की एक सटीक तस्वीर अपनी पूरी विविधता और समृद्धि के साथ सामने आ सके। विषय के बारे में अगर इस पुस्तक से पाठक का ज्ञान कुछ भी बढ़ा और उसे मूल स्रोतों का अध्ययन करने की प्रेरणा मिली तो मैं अपने प्रयास को सार्थक समझूंगा।

रासबिहारी दत्त

विषय-सूची

विषय-प्रवेश

यूनानी दर्शनशास्त्र का आरंभ यूरोप के इतिहास में एक मोड़ की हैसियत रखता है। इसका प्रमुख कारण यह है कि इसने पहले की प्राचीन सभ्यताओं—खासकर मिस्त्र और बेबिलोन की सभ्यताओं—में प्रचलित अंधविश्वासों या जादू-टोने और धर्म से संबंधित विश्वासों की पुरानी जकड़ को तोड़ा। मगर यह संबंध-विच्छेद तभी सार्थक सिद्ध होता, जबकि इससे विज्ञान की प्रस्थापना होती। वास्तव में आरंभिक यूनानी दर्शनशास्त्रियों के सिलसिले में यही बात हुई, और उन्हें यूरोप की सांस्कृतिक परंपरा में प्राचीनतम वैज्ञानिक माना जाता है। संक्षेप में, आरंभिक दर्शनशास्त्री यूरोप के आरंभिक वैज्ञानिक भी थे।

मगर यहां दो बातें स्पष्ट कर देना आवश्यक है। पहली, अगर विज्ञान या दर्शनशास्त्र की ओर उठाए गए पहले कदमों को, खासकर उनसे बाद में प्राप्त परिणानों की दृष्टि से, देखा जाए तो वे ऐतिहासिक रूप से बहुत ही विनम्र थे। इसलिए इन परिणामों के बारे में भारी-भरकम आशाएं करना गलत होगा। अगर प्राचीन यूनान के आरंभिक दर्शनशास्त्री-वैज्ञानिकों को देखा जाए तो अपने खुद के विकसित ज्ञान के कारण हम शायद इस नतीजे पर पहुंच सकते हैं कि जो परिणाम पाने की कोशिशें वे कर रहे थे, वे बहुत ही सहज या बचकाने थे। पर ऐसा कोई भी मूल्यांकन स्पष्ट रूप से गलत होगा। हमें उनका मूल्यांकन उनके निष्कर्षों के अपने मूल्य के आधार पर नहीं, बल्कि उनके 'दृष्टिकोण' के आधार पर करना होगा। इस दृष्टि से देखें तो हमें यह बात माननी ही होगी कि ये दर्शनशास्त्री-वैज्ञानिक यूरोपीय इतिहास में कुछ एकदम नए के सूत्रधार थे। यह बात सचमुच महत्वपूर्ण है। महत्वपूर्ण है खासकर इसलिए कि यह उनकी इस इच्छा का सूचक था कि प्रकृति को किसी 'बाहरी सत्ता' का सहारा लिए बिना समझा जाए—दूसरे शब्दों में, प्रकृति को उन देवताओं या दानवों के मनोगत साए से मुक्त होकर समझा जाए जोकि अभी तक प्रकृति में घटित हर घटना के पीछे कार्यरत समझे जाते थे।

आयोनिया का सुप्रभात

आरंभिकतम दर्शनशास्त्री-वैज्ञानिकों का उल्लेख अक्सर उनके स्थान-नाम के साथ जोड़कर किया जाता है। चूंकि वे एक यूनानी बस्ती आयोनिया के रहनेवाले थे, इसलिए उन्हें आरंभिक आयोनियाई कहा जाता है।

जिन सामाजिक-आर्थिक कारणों से यूरोपीय इतिहास में उनका प्रादुर्भाव हुआ, उनकी संक्षिप्त विवेचना प्रस्तुत शृंखला की पहली पुस्तक में की जा चुकी है। यहां हम कुछ आरंभिक चिंतकों और उनकी प्रमुख सैद्धांतिक उपलब्धियों का ही संक्षिप्त उल्लेख करेंगे।

(अ) आयोनिया के मिलेशस नगर का वासी थेल्स

दर्शनशास्त्र और विज्ञान के इतिहासकार थेल्स का उल्लेख आयोनियाई सुप्रभात के जन्मदाता के रूप में करते हैं। उसके बारे में हमारा वास्तविक ऐतिहासिक ज्ञान शून्य के बराबर है, हालांकि उसके बारे में बहुत सारी दंतकथाएं प्रचलित हैं। ऐसी दंतकथाओं के बारे में हमारे पाठकगण जी.एस. किर्क और जे.ई. रेवेन लिखित *दि प्रि-साक्रेटिक फिलास्फर्स* (कैम्ब्रिज, 1960) का अध्ययन कर सकते हैं। इस उल्लेखनीय कृति में इन दोनों विद्वानों ने लगभग वह सबकुछ जमा कर रखा है जो आरंभिक यूनानी चिंतकों के बारे में प्राचीन विद्वानों ने कहा है।

फिर भी इन विद्वानों ने जो कुछ कहा है उसकी हैसियत हमारे लिए ऐसी दंतकथाओं से अधिक कुछ भी नहीं है जो कभी प्रचलित रही थीं। जहां तक स्वयं थेल्स का सवाल है, हमारे पास आज अनेक दंतकथाओं का भंडार है, मगर खास बात यह है कि ये दंतकथाएं एक-दूसरे से मेल नहीं खातीं। फिर भी जो बात कुछ-कुछ विश्वास योग्य लगती है, यह है कि वह छठी सदी ईसा-पूर्व का दर्शनशास्त्री है। कुछ विद्वानों ने तो उसका और भी सटीक काल-निर्धारण करना चाहा है, और उनका दावा है कि उसका जन्म 624 ईसा-पूर्व के आसपास और मृत्यु 550 ईसा-पूर्व के आसपास हुई थी।

अगर थेल्स के बारे में प्रचलित दंतकथाओं में जरा भी सच्चाई है तो इसका अर्थ यह है कि वह बहुत ही विद्वान व्यक्ति रहा होगा। यहां हम बर्नेट का एक लंबा उद्धरण दे रहे हैं[1] :

> लोक-परंपरा में उसकी गणना 'सात बुद्धिमान मनुष्यों' में की जाती थी और उसके बारे में अनेक कथाएं प्रचलित थीं। ऐसी ही एक कथा में वह एक ऐसा अव्यावहारिक स्वप्नदर्शी नजर आता है जो तारे देखते हुए कुएं में गिर पड़ा था; एक अन्य कथा में वह अपने को साधारण व्यावहारिक मनुष्यों से इस आधार पर श्रेष्ठतर बतलाता है कि वह वैज्ञानिक ज्ञान का उपयोग कर सकता है। कहा जाता है कि जैतून की प्रचुरता को उसने पहले से ही समझकर तेल के व्यापार पर एकाधिकार कर लिया था, और इस प्रकार यह साबित कर दिया था कि अगर वह चाहता तो अमीर भी बन सकता था। यह स्पष्ट है कि लोगों को आमतौर पर उसकी वास्तविक कृतियों का पता न था और वे उसे मात्र एक ऐसा 'संत' समझते थे, जिसके नाम से मूलतः गुमनाम किस्से जोड़े जा सकते थे। इसलिए ये कथाएं स्वयं थेल्स के बारे में कुछ भी नहीं बतलातीं, मगर ये उस प्रभाव की साक्षी अवश्य हैं जोकि प्रशंसा करने और हंसी उड़ाने, दोनों के प्रति समान रूप से उन्मुख विश्व पर आरंभ में सामने आनेवाले विज्ञान और वैज्ञानिकों ने छोड़ा था।
>
> मगर थेल्स से संबद्ध कुछ परंपराएं भी प्रचलित हैं जिनसे कुछ जानकारी प्राप्त की जा सकती है। उनका चरित्र लोककथाओं वाला नहीं है क्योंकि उनमें कुछ निश्चित वैज्ञानिक उपलब्धियां थेल्स से जोड़ी गई हैं। उनमें से एक महत्वपूर्ण परंपरा एक सूर्यग्रहण की भविष्यवाणी के बारे में है, जिसका उल्लेख हेरोदोतस (अ, 74) ने किया है। मिलेशस में खगोलविदों के एक संप्रदाय का निरंतर अस्तित्व रहा है, और इसलिए ऐसी परंपराओं का संरक्षण पूरी तरह समझ में आनेवाली बात है। मगर चूंकि थेल्स ने लगतां है स्वयं कुछ नहीं लिखा है, इसलिए इस साक्ष्य को पूर्ण नहीं कहा जा सकता। इसके पक्ष में एक जोरदार बात यह है कि उससे जोड़ी जानेवाली खोजें और दूसरी उपलब्धियां अधिकांशतः मिस्री और बेबिलोनियाई 'विज्ञान' के ऐसे विकास हैं जिनकी अपेक्षा हम कर सकते हैं। लेकिन अगर इस साक्ष्य को अपर्याप्त समझा जाता है तो भी इससे कोई खास अंतर नहीं पड़ता। उस हालत में थेल्स हमारे लिए मात्र एक नाम ही होकर रह जाता है, मगर फिर भी यह निश्चित है कि उसके तात्कालिक उत्तराधिकारियों ने बुद्धिवादी विज्ञान की नींव रखी थी। इसलिए इसमें कोई हानि नहीं है कि इनमें से कुछ परंपराओं का उल्लेख

> किया जाए और उनकी व्याख्या अंशतः उससे पहले की घटनाओं और अंशतः उसके बाद की घटनाओं की रौशनी में की जाए।
>
> हेरोदोतस से पता चलता है कि थेल्स का जीवनकाल लीदिया के राजाओं अल्यातेस और क्रोएशस के शासन का काल है, और यह कि 546 ईसा-पूर्व में सार्देइस के पतन के कुछ ही पहले तक वह जीवित था। हमें यह भी पता है कि इससे पहले उसने एक सूर्यग्रहण की भविष्यवाणी की थी, जिसके कारण लीदियावासियों और मेदियों के बीच युद्ध रुक गया था। यह 28 मई (पुरानी शैली), सन् 585 ईसा-पूर्व की बात है। इस भविष्यवाणी की कहानी में कुछ भी अविश्वसनीय नहीं है, हालांकि यह निश्चित है कि ग्रहणों के सही कारणों का पता थेल्स के जीवनकाल के बाद तक भी नहीं चला था, और उसके उत्तराधिकारियों ने इन कारणों के बहुत ही गलत और हवाई विवरण दिए हैं। मगर इस विषय पर बेबिलोनवासी भी उतने ही अज्ञान में थे, और फिर भी वे 223 चांद्र मासों के एक चक्र की सहायता से अच्छी-खासी सटीकता के साथ ग्रहणों की भविष्यवाणी करते थे। यह मानना भी आवश्यक नहीं है कि मात्र इतनी-सी बात सीखने के लिए थेल्स को बेबिलोन की यात्रा करनी पड़ी होगी। हित्ती काल में एशिया माइनर में मेसोपोटामियाई प्रभाव जबर्दस्त था, और सार्देइस को बेबिलोनियाई सभ्यता की अग्रिम चौकी कहा जाता था। लीदिया में ऐसे 'बुद्धिमान जन' रहे होंगे जिन्होंने इस पुराने रहस्य को सुरक्षित रखा होगा। यह भी जानना दिलचस्प होगा कि लीदिया के राजा ने उस मिलेशियाई (थेल्स) को शायद अपना वैज्ञानिक विशेषज्ञ नियुक्त किया था। कारण, कहा गया है कि थेल्स क्रोएशस के उस अभियान में साथ था जो उसके राजतंत्र के लिए घातक सिद्ध हुआ, और यह कि उसने (थेल्स ने) क्रोएशस के लिए हेली नदी का रुख बदल दिया था। हेरोदोतस से हम अंतिम बात यह जानते हैं कि थेल्स राजनीति में प्रमुख रूप से भाग लेता था और उसने आयोनिया की रक्षा के लिए बारह नगरों से प्रार्थना की थी कि वे एकजुट होकर एक संघीय राज्य बनाएं और उसकी राजधानी त्योस हो।''

मगर थेल्स की भारी प्रसिद्धि का आधार तो बहुत बाद के यूनानी चिंतक, अरस्तू की कृतियां हैं। अरस्तू ने अपनी रचना *मेटाफिजिक्स* के पहले भाग में अपने पहले के दर्शनशास्त्रियों की उपलब्धियों के विवरण दिए हैं। अरस्तू का कहना है कि थेल्स की जबर्दस्त शोहरत का कारण उसका यह कथन है कि तमाम वस्तुओं का मूलाधार जल है—हर वस्तु जल से उत्पन्न हुई है और अंततः जल में ही मिल जाएगी। साथ में उसका यह विचार भी था कि विश्व जल पर तैरती हुई एक चपटी तश्तरी के समान है।

थेल्स इस विचार तक क्यों और कैसे पहुंचा, यह मात्र अनुमान का विषय है। फिर आधुनिक विद्वानों में कुछ (जैसे, कॉर्नफोर्ड) ऐसे भी हैं जो स्वयं अरस्तू के वक्तव्य पर भी संदेह करते हैं। लेकिन हम उस सीमा तक गए बिना भी यह प्रश्न अवश्य करेंगे कि स्पष्ट ही कमजोर लगनेवाले इस विचार के कारण थेल्स को दर्शनशास्त्र और विज्ञान के इतिहास में आखिर इतनी प्रसिद्धि कैसे मिली। आधुनिक विद्वानों ने इस प्रश्न के अनेक उत्तर सुझाए हैं, मगर हमें जो उत्तर सबसे अधिक विश्वसनीय लगता है वह फैरिंगटन आदि का सुझाया हुआ है।

प्राचीन पुराणकथाशास्त्र (माइथोलाजी) में निश्चित ही ऐसे विचार प्रचलित थे कि सृष्टि की हर वस्तु का सृजन किसी जलदेवता ने किया है। थेल्स ने किया केवल यह कि देवता को हटाकर मात्र जल को प्रथम कारण का दर्जा दे दिया। यह निश्चित ही एक साहसिक कदम रहा होगा। महत्व की बात इसमें यह थी कि यह अतीत की सभी मिथकीय कल्पनाओं से मुक्त होकर प्रकृति को शुद्ध रूप से एक प्राकृतिक संवृत्ति (फेनोमिनन) के रूप में समझने का प्रयास था। जैसाकि दर्शनशास्त्र के प्रसिद्ध हेगेलवादी इतिहासकार श्वेगलर[2] ने कहा है : "थेल्स को दर्शनशास्त्र के जन्मदाता के पद पर आसीन करनेवाली बात यही है, न कि स्वयं उसका सिद्धांत। वह पहला व्यक्ति था जिसने बोध के सिद्धांतों के आधार पर प्रकृति की व्याख्या का प्रयास किया था। उसने अपने विचार को किस प्रकार पुष्ट किया, इसका ठीक-ठीक निर्धारण आज नहीं किया जा सकता।" पर यह बात अपनी जगह कायम है कि अगर उसके अपने काल के वास्तविक संदर्भ में देखा जाए तो प्रकृति को स्वयं प्रकृति के आधार पर समझने का उसका प्रयास एक महान कदम रहा होगा।

कहने की आवश्यकता नहीं कि इस चिंतन-प्रणाली ने यूरोपीय विचारधारा में एक प्रकृतिवादी, बल्कि भौतिकवादी प्रवृत्ति तक को जन्म दिया। यह एक ऐसी प्रवृत्ति थी जिसने कुछ सदियों बाद प्राचीन यूनान के प्रमुखतम विचारवादी दर्शनशास्त्री, अफलातून को डराकर रख दिया, और फिर उसने ऐसे सैद्धांतिक उपकरणों की रचना की जिनकी श्रेष्ठता की थेल्स से कोई तुलना ही नहीं थी, बल्कि जो पूरी यूरोपीय विचारधारा में आज तक एक आश्चर्य बने हुए हैं। आगे चलकर हम देखेंगे कि इसकी वास्तविक व्याख्या हमें स्वयं दर्शन नहीं, बल्कि बाहरी कारणों के सहारे करनी होगी, यानी उन सामाजिक-आर्थिक परिस्थितियों के सहारे जिनका अफलातून स्वयं एक अंग था, और जिनको उसने बड़े उत्साह के साथ सही ठहराया है।

(ब) मिलेशस का अनाक्सीमिंदर

प्रकृति को स्वयं उसके सहारे समझने का प्रयास करने की परंपरा को थेल्स के एक उत्तराधिकारी ने आगे बढ़ाया, जिसे हम अनाक्सीमिंदर के नाम से जानते हैं। कुछ प्राचीन विद्वान उसे थेल्स का शिष्य बतलाते हैं तो कुछ मात्र उसका समकालीन। संभवतः वह

थेल्स से एक पीढ़ी बाद का दर्शनशास्त्री है। यह भी माना जा सकता है कि उसने सृष्टि का कहीं एक व्यापकतर विवरण ऐसे प्रेक्षण और चिंतन-मनन के आधार पर प्रस्तुत किया है जो थेल्स से कहीं अधिक ठोस था। "उसने अपने मूल पदार्थ को, जिसके लिए मूलतत्व (प्रिंसिपुल) शब्द का प्रयोग करनेवाला पहला व्यक्ति उसे कहा जाता है, शाश्वत, अनंत और असीम बतलाया; वह जिससे कालक्रम में हर वस्तु उत्पन्न होती है और जिसमें हर वस्तु समाहित हो जाती है।"[3] यह मूलतत्व सृष्टि के सभी क्षेत्रों का संचालक और नियंता है। हरेक सत् और परिवर्तनीय वस्तु का प्रत्येक अलग-अलग कारण इसी का अंग है, पर यह स्वयं में अनंत और असीम है।

इस विचार से ठीक-ठीक क्या अर्थ लगाया जाए, इसके बारे में आधुनिक विद्वानों में मतभेद हैं। फिर भी जो बात निर्विवाद लगती है, यह है कि जिस मूलतत्व की बात वह करता है वह मूलतः कोई भौतिक वस्तु रही होगी। वास्तव में, आरंभिक दर्शनशास्त्रियों की पूरी प्रवृत्ति ही भौतिकवादी थी, हालांकि वे पदार्थ की जिस अवधारणा को एक निश्चित रूप देने की कोशिश कर रहे थे, उसे व्यक्त करने के लिए इनमें भी आरंभिकतम दर्शनशास्त्रियों के पास समुचित शब्द न थे। प्राचीन यूनानी दर्शनशास्त्र के क्षेत्र में हमने जिस फैरिंगटन को अपने श्रेष्ठतम मार्गदर्शकों में एक माना है, वे अनाक्सीमिंदर के विचारों की व्याख्या इस प्रकार करना चाहते हैं :

> "एक समय विश्व की सृष्टि करनेवाले चारों पदार्थ इस प्रकार संस्तरित थे : पृथ्वी, जो सबसे भारी है, केंद्र में थी; उसके चारों ओर जल था; जल के ऊपर वायु थी, और अग्नि सबकुछ को चारों ओर से घेरे हुए थी। अग्नि के कारण जल गर्म होकर और वाष्प बनकर उड़ा तो शुष्क भूमि निकल आई, पर वायु का आयतन बढ़ गया। उसका दबाव अंततः असह्य हो गया। इसके कारण सृष्टि का अग्निमय ताना-बाना टूट गया और उसने अंततः विश्व को चारों ओर से घेरे रहनेवाली वायु की नलकियों में बंद घिरे अग्निचक्रों का रूप ले लिया। हम अपने सिर के ऊपर चक्कर काटते हुए जिन अंतरिक्षीय पिंडों को देखते हैं वे इन नलकियों में बने छिद्र हैं, जिनसे अंदर बंद अग्नि की चमक दिखाई देती है। ग्रहण का अर्थ ऐसे किसी छिद्र का बंद या आंशिक रूप से बंद होना है। यह अत्यंत मनमोहक सृष्टि-विधान स्पष्ट रूप से कुम्हार के चक्के, लोहारखाने या रसोईघर की याद दिलाता है, पर इसमें प्राचीन बेबिलोनियाई ईश्वर मर्दुक के लिए कोई जगह नहीं है। यहां तक कि मानव-उत्पत्ति की व्याख्या भी उसकी सहायता के बिना ही की गई है। अनाक्सीमिंदर का विचार है कि मछली, जो जीवन का ही एक रूप है, भू-आधारित जीवों से पहले उत्पन्न हुई, और इसलिए मनुष्य कभी मछली रहा होगा। पर जब शुष्क

भूमि निकलकर सामने आई तो कुछ मछलियों ने भू-आधारित जीवन के अनुसार स्वयं को ढाल लिया।"[4]

अनाक्सीमिंदर के कुछेक बिखरे हुए उद्धरण, जो हम तक पहुंचे हैं, इस प्रकार हैं :

"असीम पदार्थ विद्यमान वस्तुओं का मूलतत्व है। इसके अलावा, वह स्रोत जिससे विद्यमान वस्तुएं अस्तित्व में आई हैं, वही है जिसमें वे सभी अनिवार्यता के नियमानुसार अपने विनाश के बाद समाहित हो जाती हैं। कारण कि वे सभी न्याय प्रदान करती हैं और काल के विधान के अनुसार अपने अन्याय के लिए एक-दूसरे की क्षति-पूर्ति करती हैं।"

"यह (असीम पदार्थ की मूल प्रकृति, चाहे वह जो कुछ हो) अनंत और असीम है।"

"यह (अनिश्चित) अमर्त्य और अविनश्वर है।"

(स) अनाक्सीमेंस

इस आयोनियाई परंपरा को आगे बढ़ानेवाला यह तीसरा महान दर्शनशास्त्री या तो अनाक्सीमिंदर का शिष्य था या समकालीन। एक मायने में वह थेल्स के विचारों की ओर लौटने का इच्छुक था, क्योंकि पदार्थ या प्रत्येक वस्तु के मूलतत्व को किसी तरह का अव्यवस्थित विधान मानने के बजाय वह उसे उन चार ज्ञात पदार्थों में से किसी एक से मंसूब करना चाहता था जिनसे हम परिचित हैं। मगर उसने यह स्थान जल की जगह वायु को दिया। लेकिन प्रश्न है : हर वस्तु वायु से उत्पन्न होती और अंततः उसी में समाहित हो जाती है—इसकी व्याख्या कैसे की जाए ? उसके मन में क्या था, इसके बारे में आज हम ठीक-ठीक कुछ नहीं कह सकते। डब्ल्यू. टी. स्टेस ने उसके बुनियादी नज़रिए के तौर पर निम्नलिखित का सुझाव दिया है। स्टेस के शब्दों में, "वायु निरंतर गतिशील है और उसमें गति की शक्ति निहित है, और इसी गति के कारण वायु से सृष्टि का विकास हुआ। इस विकास की चालक प्रक्रिया के रूप में अनाक्सीमेंस ने विरलीकरण, और संघनन नाम की दो परस्पर-विरोधी प्रक्रियाओं का उल्लेख किया है। विरलीकरण ऊष्मा या गर्म होने जैसी वस्तु ही है, और संघनन का अर्थ ठंडा होना बतलाया गया है। विरलीकरण के द्वारा वायु अग्नि बन जाती है, और सितारे वायु के ऊपर जलती हुई अग्नि से ही बने हैं। संघनन की विपरीत प्रक्रिया के द्वारा वायु पहले बादल बनती है, और फिर और भी संघनित होकर क्रमशः जल, भूमि और चट्टानें बनती है। कालांतर में विश्व फिर विघटित होकर मूलतत्व वायु में मिल जाता है।"[5]

अनाक्सीमेंस की रचनाओं से केवल एक संपूर्ण वाक्य ही आज बचा है :

"जिस प्रकार हमारी आत्मा, वायु होने के कारण, हमारे अस्तित्व को

बनाए रखती है, उसी प्रकार हमारी सांस और वायु पूरी सृष्टि को चारों ओर से घेरे हुए है।"

(द) सारांश

यूनानी दर्शनशास्त्र के आरंभिक चरण, जिसे आमतौर पर 'आयोनियाई सुप्रभात' कहा जाता है, की सर्वप्रमुख विशेषता एक प्रकृतिवादी या भौतिकवादी दृष्टिकोण है। इन दर्शनशास्त्रियों के विचारों को केवल नकारात्मक रूप में, अर्थात् रहस्यवादी या पराप्राकृतिक व्याख्या के निषेध-मात्र के रूप में समझना ही काफी नहीं है। इनका एक निर्णायक रूप से सकारात्मक अंतर्तत्व था, और वह था प्राकृतिक संवृत्तियों में गहरी दिलचस्पी और उनकी व्याख्या केवल प्रकृति के आधार पर करने का प्रयास। फैरिंगटन ने इस सकारात्मक अंतर्तत्व की व्याख्या इस प्रकार की है कि यह शारीरिक श्रम में आरंभिक दर्शनशास्त्रियों की सक्रिय रुचि का परिणाम था। इसमें संदेह नहीं कि यूनानी समाज दासता पर आधारित था, और इस समाज-प्रणाली में शारीरिक श्रम को हीन समझा जाता था, जबकि मात्र इसी से लोगों का प्रकृति या भौतिक जगत से संसर्ग होता है। यह संसर्ग इतना प्रत्यक्ष था कि पदार्थ या उसके रूपांतरणों की यथार्थता में संदेह पैदा होने की कोई गुंजाइश ही नहीं थी। परंतु स्वयं दास-प्रथा का भी तो अपना एक विकासक्रम रहा है। यूनानी इतिहास के आरंभिक चरण में और खासकर आयोनिया के व्यापारिक नगरों में व्यापारी कुलीनतंत्र को, जो वहां का शासक वर्ग भी था, उत्पादन-तकनीकों के सुधार में मुनाफे की गुंजाइश दिखाई दी। इसलिए शारीरिक श्रम को अपने-आपमें पूर्ण पतितावस्था की पहचान नहीं समझा जाता था। दास-प्रथा का पूर्ण विकास होना अभी बाकी था। जैसाकि फैरिंगटन ने दिखलाया है, आरंभिक दर्शनशास्त्रीगण सक्रिय लोग थे जो अपने विचारों का आधार तकनीक से प्राप्त अनुभवों को बनाते थे। भौतिक जगत तथा उसके मूलभूत तत्वों में उनकी रुचि का कारण यही था।

पर यह स्थिति बहुत दिनों तक जारी न रह सकी। दास-प्रथा के एक बार आरंभ हो जाने के बाद उसके विकास के अपने तर्क ने अपना रंग दिखाया। फलस्वरूप पदार्थ और भौतिक जगत में दिलचस्पी धीरे-धीरे कम होने लगी, और बुद्धिमत्ता को एक भिन्न अर्थ में लेते हुए उसके श्रेष्ठतम साधन के रूप में शुद्ध बुद्धि का सहारा लिया जाने लगा। इस दिशा में आरंभिक मगर अभी भी अपूर्ण कदम पाइथागोरस के अनुयायियों ने अपनाया, जो यूनानी दर्शनशास्त्र में विज्ञान और रहस्यवाद को गड्डमड्ड करनेवाले पहले दर्शनशास्त्री थे।

पाइथागोरस का संप्रदाय

पाइथागोरस के साथ यूनानी दर्शनशास्त्र में आरंभिक आयोनियाई दर्शनशास्त्रियों के प्रकृतिवाद या भौतिकवाद से हटकर एक नया मोड़ आया जिसका परिणाम हुआ विज्ञान और रहस्यवाद का एक अजीब सम्मिश्रण। लेकिन हमें उनकी उपलब्धियों के विषय में मात्र नकारात्मक रवैया ही नहीं अपनाना चाहिए। कम से कम गणित में उनकी दिलचस्पी का बहुत ही सकारात्मक महत्व है, जैसाकि जे.डी. बर्नाल ने कहा है : "मूल आयोनियाई संप्रदाय की विजय इस बात में थी कि उसने सृष्टि के अस्तित्व में आने की प्रक्रिया और देवताओं या किसी अभिप्राय की मध्यस्थता के बिना उसकी कार्य-प्रक्रिया की एक तस्वीर सामने रखी थी। इसकी बुनियादी कमजोरी थी—इसकी अस्पष्टता और इसका शुद्धतः वर्णनमूलक और गुणात्मक चरित्र। अपने-आपमें इसका कोई परिणाम निकलनेवाला नहीं था, और न ही इससे कोई ठोस निष्कर्ष प्राप्त किया जा सकता था। आवश्यकता इस बात की थी कि दर्शनशास्त्र में 'संख्या' और 'परिणाम' का समावेश किया जाए।"[6] इसके अलावा, हेगेलवादी यह दिखाना चाहते हैं कि रहस्यवाद के समावेश के बावजूद यह आंदोलन भौतिकवादी प्रवृत्ति का पूरी तरह निषेध नहीं करता था। वास्तव में यह पदार्थ को उसके मूर्त, इंद्रियगोचर रूप में या जल, वायु, आदि गुणात्मक रूपों में नहीं, बल्कि प्रकृति में पाए जानेवाले उसके माप, उसके संबंधों, उसके रूप और उसके क्रम में समझने की प्रवृत्ति थी। चूंकि भौतिक जगत के इस पक्ष को संख्याओं की सहायता से ही बेहतरीन ढंग से समझा जा सकता है, इसलिए पाइथागोरसवादी एक संख्या-प्रणाली का या और भी आसान शब्दों में कहें तो मुख्यतः एक संख्या-दर्शनशास्त्र का विकास करना चाहते थे।

इस संप्रदाय का प्रवर्तक पाइथागोरस मिलेशस के पास के एक द्वीप समोस का रहनेवाला था और आमतौर पर उसका काल 582-500 ईसा-पूर्व माना जाता है। पर बाद में वह दक्षिणी इटली चला गया और कहा जाता है कि वहां उसने एक पंथ की स्थापना की जिसमें नैतिकता, अनुशासन, व्यवस्था और सद्भाव का कठोरता से पालन किया जाता था। उसके व्यक्तिगत जीवन के बारे में इतनी अधिक दंतकथाएं और कहानियां प्रचलित हैं कि इतिहासकार कभी-कभी उसकी ऐतिहासिकता में ही संदेह करने

लगते हैं, हालांकि जिस संप्रदाय का नाम उसके नाम पर पड़ा वह और बाद के विचारकों, खासकर अफलातून पर, उसका गहरा प्रभाव, ये दोनों ही वास्तविक रहे होंगे।

कुछ भी हो, पाइथागोरसवादी संप्रदाय के विचारों के दो पक्ष हैं। एक पक्ष गणित का है तो दूसरा पक्ष रहस्यवाद का। पहले पक्ष का निर्णायक ऐतिहासिक महत्व बहुत अधिक है तो दूसरा पक्ष यूनानी विचारधारा में एक स्पष्ट प्रतिगामी प्रवृत्ति का सूचक है। इन दोनों पक्षों के सिलसिले में यह माना जाता है कि पाइथागोरसवादियों पर मिस्र और बेबिलोन की प्राचीन सभ्यताओं का बहुत ही गहरा प्रभाव पड़ा होगा। "समकोण त्रिभुज के बारे में उसका प्रसिद्ध प्रमेय निश्चित ही मिस्रवासियों को एक व्यावहारिक नियम के रूप में ज्ञात था, और बेबिलोनवासी 'पाइथागोरी' त्रिभुजों की लंबी-लंबी तालिकाएं बनाते थे। यह भी मुमकिन है कि पाइथागोरी संख्या-सिद्धांत अपने गणितीय और रहस्यवादी, दोनों ही पक्षों में प्राच्य विचारधारा के किसी स्रोत से लिया गया हो, और उनका चरित्र इसके ठोस संकेत देता है। पर पाइथागोरस चाहे इन विचारों का जन्मदाता रहा हो या संप्रेषक, उसके संप्रदाय ने गणित, विज्ञान और दर्शनशास्त्र के बीच जो संबंध स्थापित किया, वह कभी नष्ट नहीं हुआ।"[7]

गणित के प्रति पाइथागोरसवादियों का उत्साह उनके संख्या-सिद्धांत के रूप में, और इससे भी आसान शब्दों में कहें तो इस प्रस्ताव के रूप में सामने आया कि वस्तुओं के बारे में सभी वक्तव्य अंततः संख्यात्मक रूप में व्यक्त किए जाने चाहिए। उन्होंने यह भी माना कि संख्या मूलतः परिमेय (रेशनल) होनी चाहिए। इसके चलते वे संख्या को मूलभूत वास्तविकता तक मानने लगे।

इसके अलावा पाइथागोरस ने आत्मा की अमरता के सिद्धांत का प्रचार किया और मानव-काया को आत्मा के लिए बंधन माना। आत्मा की मुक्ति और उसका पुनरागमन दर्शनशास्त्र और कर्मकांड के द्वारा संभव है।

इसलिए इस पंथ के सदस्यों ने अपने कर्मकांड का विकास किया, जिसका प्रमुख परिणाम रहस्यवाद था। इसके कारण उन्होंने हर तरह की दंतकथाएं और कहानियां गढ़ीं। इस तरह पाइथागोरस जो इस पंथ का प्रमुख था, जल्द ही ऐसा मिथकीय चरित्र बन गया गोया उसमें बेपनाह जादुई शक्तियां हों। आर्फ्यूसवाद (आर्फिज़्म) नामक एक धार्मिक पंथ से गहरे जुड़े होने के कारण पाइथागोरस इतिहास में एक धर्मसुधारक के रूप में प्रसिद्ध हुआ। धार्मिक आस्थाओं में उसने बौद्धिक कार्यकलाप का समावेश किया और इस प्रकार उन्हें विज्ञान से मिलाया। इस पंथ ने एक के बाद एक उपदेशमालाएं जारी कीं। क्रोतन के लोगों को फलियां खाने तक से रोक दिया गया। इस जबर्दस्ती से क्रोतन के सामान्य नागरिक नाराज़ हो गए, और उन्होंने इस पंथ के खिलाफ लगभग बगावत कर दी। इसके समागम-स्थल को जलाकर रख दिया गया। उस समय पंथ यद्यपि बिखर गया था, पर शीघ्र ही उसने अपना पुनर्गठन किया और अपनी गतिविधियां फिर से शुरू कीं।

दूसरी ओर, पाइथागोरसवादियों ने एक नया दृष्टिकोण सामने रखा और नागरिकों के आचार-व्यवहार पर उनका काफी-कुछ प्रभाव पड़ा। इससे उन्हें अपने रहस्यवादी पंथ में संतों-जैसा एक आदर्श विकसित करने में सहायता मिली और यह नागरिकों की भावनाओं को उभारने का माध्यम बन गया। जनता को साथ लाने के लिए उन्होंने गणित और रहस्यवाद की दोहरी परंपरा का सहारा लिया। यह एक जानी-मानी बात है कि ये दोनों बातें एक-दूसरे से मेल नहीं खातीं। पर पाइथागोरस जैसा प्रतिभावान व्यक्ति ही था कि उसने दोनों को समन्वित किया और किसी न किसी तरह विज्ञान और धार्मिक उत्साह को एक में मिला दिया।

पाइथागोरीय दर्शनशास्त्र की विशेषता यह है कि सृष्टि की पहेलियों के हल के रूप में उसने संख्या-सिद्धांत आविष्कार किया। विज्ञान के इतिहास में संख्या पर यह जोर निःसंदेह मील का पत्थर है, पर कठिनाई तब हुई जब पाइथागोरसवादियों ने यह सिद्धांत सामने रखा कि संख्या विश्व का मूल आधार है।

पाइथागोरस के अनुसार विश्व की प्रत्येक कायिक या अकायिक वस्तु गणनीय है। सृष्टि की वस्तुओं की अंतरात्मा ही संख्या है।

प्राचीन यूनानी विज्ञान और दर्शनशास्त्र के बौद्धिक वातावरण में जन्म लेने के कारण पाइथागोरसवाद का तकनीक से किसी न किसी अर्थ में संबंध बना रहा। फैरिंगटन[8] ने दिखाया है कि किस प्रकार यह संबंध पाइथागोरसवादियों के एक प्रमुख सिद्धांत, अर्थात् सामंजस्य के सिद्धांत का आधार बन गया : "संगीत, या और भी सटीक शब्दों में कहें तो ध्वनि-विज्ञान में पाइथागोरसवादियों का योगदान उनके सृष्टि-विधान से भी कहीं अधिक दिलचस्प है। सांगीतिक पैमाने पर नियत अंतरालों की खोज उन्होंने कैसे की? यह कहना बुद्धिसंगत लगता है कि यह प्रेक्षण और प्रयोग की विधि की एक आरंभिक विजय थी। बाद के एक लेखक बोएथियस ने, जो छठी सदी ईसा-पूर्व में हुआ था, एक कहानी कही है। चूंकि प्राचीन लोगों के लिए इस प्रकार की कहानी को गढ़ने से आसान उसे भूलना था, इसलिए मैं बर्नेट और मिएली की इस बात से सहमत हूं कि यह सही हो सकती है। बोएथियस का वर्णन कुछ संक्षिप्त रूप में इस प्रकार है :

"पैमाने पर नियत अंतरालों की गणितीय व्याख्या करने की समस्या से जब पाइथागोरस दो-चार था तब ईश्वर की कृपा से ऐसा हुआ कि वह एक लोहार की दुकान के आगे से गुजरा, और उसका ध्यान कमोबेश उस संगीतमय ध्वनि में डूब गया जो निहाई पर हथौड़ों की चोट से पैदा हो रही थी। यह नई परिस्थितियों में इस समस्या की पड़ताल का एक अवसर था, और वह खुद को रोक न सका। वह अंदर जाकर लंबे समय तक इस क्रिया को देखता रहा और तब उसे खयाल आया कि विभिन्न स्वरों का कारण मनुष्यों की शक्ति का भिन्नक उपयोग है। 'क्या वे अपने हथौड़े आपस में बदल लेंगे ?' स्पष्ट था कि उसका पहला विचार गलत था, क्योंकि ध्वनि अभी भी

अपरिवर्तित रही। 'तो इसका कारण खुद हथौड़ों में निहित होना चाहिए, न कि मनुष्यों में।'

"वहां पांच हथौड़े चल रहे थे। 'क्या इनको तौला जाए ?' अहा ! क्या चमत्कार था !! चार हथौड़ों के भार तो 12, 9, 8 और 6 के अनुपात में थे, और पाँचवां हथौड़ा, जिसके भार का शेष हथौड़ों के भार से कोई सार्थक संख्यात्मक संबंध न था, वही था जो धुन की संपूर्णता को नष्ट कर रहा था। उसे हटा दिया गया, और पाइथागोरस फिर धुनों को सुनने लगा। हां, सबसे भारी हथौड़ा जो भार में सबसे हल्के हथौड़े का दोगुना था, अष्टक निम्न (ऑक्टेव लोअर) का सुर पैदा कर रहा था। समांतर और हरात्मक माध्य (12-9-6 और 12-8-6) के सिद्धांत ने उसे उन अनुपातों की जानकारी दी जो अन्य दो हथौड़ों की चोट पर चौथा और पांचवां अंतराल पैदा कर रहे थे। निश्चित ही यह हरि-इच्छा का परिणाम था कि वह लोहार की दुकान के सामने से गुजरा था। वह घर की ओर दौड़ पड़ा कि अपने प्रयोग को जारी रख सके—इस बार यूं कहिए कि प्रयोगशाला की नियंत्रित दशाओं में।"

इसके बाद फैरिंग्टन कहते हैं : "इस परंपरा में कुछ भ्रामक बातें भी हैं। हथौड़ों के प्रयोग से वे निष्कर्ष नहीं निकल सकते थे जो उससे निकलते बतलाए गए हैं। अगर उसने तनाव-संबंधी प्रयोग किए होंगे तो उनके परिणामों से वह परेशान हो गया होगा। किसी तने हुए तार में कंपनों की संख्या उसे ताननेवाले भार पर निर्भर न होकर उस भार के वर्गमूल पर निर्भर होती है। पाइथागोरस या किसी अन्य प्राचीन विचारक को इसका पता था, इसके बारे में कोई साक्ष्य प्राप्त नहीं है। फिर भी विज्ञान के इतिहास में इन प्रयोगों का निर्णायक महत्व है।"[9]

मगर साथ ही पाइथागोरसवाद का एक अजीब रहस्यवादी स्वरूप भी विकसित हुआ। उदाहरण के लिए, संख्या-सिद्धांत को भौतिक और वैचारिक जगत, दोनों पर साथ-साथ लागू करने की कोशिश की गई। लगता है कि उसके दर्शनशास्त्र के इस दोहरे मानदंड ने शासक वर्ग का हित-साधन ही किया। इस तरह आयोनियाई परंपरा में जन्मे होने के बावजूद पाइथागोरस ने आयोनियाई प्रकृतिवादियों का अनुसरण नहीं किया। उसने भौतिक तत्वों की क्रियाओं के प्रेक्षण के आधार पर सृष्टि की प्रक्रिया का वर्णन करने की कोशिश नहीं की। इसके बजाय उसने हर बात की व्याख्या रहस्यवादी पक्ष के आधार पर करने की कोशिश की। उसका गणित विज्ञान के इतिहास में एक उल्लेखनीय प्रगति का सूचक था। दूसरी ओर, पाइथागोरसवादियों के गणित ने शुद्ध बुद्धि का रास्ता तैयार किया, जिसकी परिणति रहस्यवाद में हुई।

इसे फैरिंग्टन[10] ने बहुत अच्छे ढंग से सामने रखा है : "यह गणितीय दर्शनशास्त्र आयोनियावासियों के प्रकृतिवादी दर्शनशास्त्र का विरोधी लगने लगा। और यहां यह बात तुरंत स्पष्ट हो जाती है कि सृष्टि के एक सिद्धांत के रूप में यह इंद्रियगत अनुमान पर आयोनियाई दृष्टिकोण से कम निर्भर और उससे अधिक अमूर्त था। विरलीकरण

और संघनन, या तनाव जैसी भौतिक प्रक्रियाओं या दशाओं की जगह अब गणितीय संबंधों ने ले ली। पाइथागोरसवादियों को यह लगा कि उच्चस्थ तटों, नदियों के मुहानों पर गाद का जमाव, वाष्पीकरण, विगलन या ऐसी ही अन्य संवृत्तियों पर विचार करने के बजाय रेत पर चित्र बनाकर सृष्टि को बेहतर ढंग से या जल्दी समझा जा सकता है। इस गणितीय दृष्टिकोण का तालमेल इस संप्रदाय की धार्मिक और सामाजिक, दोनों प्रकार की पूर्वधारणाओं से बिठाया गया। गणित को वस्तुओं का आयोनियाई दृष्टिकोण से बेहतर व्याख्याता ही नहीं समझा गया, बल्कि यह भी मान लिया गया कि यह पार्थिव या भौतिक जगत के संपर्क से पंथ के अनुगामियों की आत्मा को शुद्ध रखता है। यह एक ऐसे विश्व की परिवर्तनशील प्रवृत्ति के अनुरूप था जिसमें दास-प्रथा के विकास के साथ शारीरिक श्रम के प्रति अपमान-भाव भी बढ़ रहा था। जिस समाज में उत्पादन की तकनीकी प्रक्रियाओं से संपर्क अधिकाधिक लज्जा का विषय और केवल दासों के योग्य समझा जा रहा था, उसमें यह अत्यंत सौभाग्य की बात लगी कि वस्तुओं की गुप्त संरचना उन लोगों पर स्पष्ट हो जो रेत पर चित्र बनाते थे, न कि उन पर जो उनसे काम लेते थे या आग के काम करते थे। प्रकृति की व्याख्या करनेवाले अनेक विचार उत्पन्न करने में प्रमुख भूमिका निभानेवाली औद्योगिक तकनीकों पर जो संप्रदाय आधारित था, उसके अंतिम दिनों का एक विचारक था हेराक्लाइटस। उसके नज़दीक, अग्नि को, जो वस्तुओं के तकनीकी हेर-फेर में प्रमुख भूमिका निभाती है, मूलतत्व मानने से अधिक स्वाभाविक कोई बात हो ही नहीं सकती थी। अग्नि की जगह संख्या को मूलतत्व मानना उत्पादन की तकनीकों से दर्शनशास्त्र के विलगाव का सूचक था। यूनानी विचारधारा के इतिहास की व्याख्या में इस विलगाव का मूलभूत महत्व है। इस काल के बाद यूनानी विचारधारा पर चूल्हे की प्राकृत रूपरेखा, रांगे, धौंकनी और कुम्हार के चके का प्रभाव घटने लगा और उसकी तुलना में संख्याओं और आकृतियों के सिद्धांत के कुलीनतर अध्ययन का प्रभाव बढ़ने लगा।''

आगे चलकर हम देखेंगे कि पाइथागोरीय रहस्यवाद ने किस प्रकार अफलातून के अतिवादी आदर्शवाद के विकास के लिए एक उपजाऊ भूमि का काम किया। फिलहाल तो हम यह जानते हैं कि इसकी परिणति क्या हुई। इसका सारतत्व श्वेगलर[11] ने इस प्रकार सामने रखा है : ''इस सिद्धांत की प्रकृति से ही हम आशा कर सकते हैं कि वास्तविकता के विभिन्न क्षेत्रों में इसके उपयोग की परिणति एक खोखले और व्यर्थ के प्रतीकवाद में होगी। उदाहरण के लिए, संख्याओं को सम और विषम के दो वर्गों—सीमित-असीमित के अंतर्विरोधपूर्ण वर्गों—में वर्गीकृत करने और फिर इन वर्गीकरणों को खगोलशास्त्र, संगीत, मनोविज्ञान, नीतिशास्त्र आदि में लागू करने से इस प्रकार के समन्वय सामने आए : एक का अर्थ बिंदु है, दो का रेखा, तीन का तल, चार का ठोस, पांच का गुण वगैरह, वगैरह; या फिर यह कि आत्मा एक सामंजस्य का नाम है, और यही बात सद्गुण के साथ है, आदि। यहां आकर दार्शनिक ही नहीं, ऐतिहासिक

रुचि भी नष्ट हो जाती है, और यह बात आसानी से समझी जा सकती है कि ऐसे मनमाने समन्वयों के सिलसिले में स्वयं प्राचीन विचारकों ने हमें जो अत्यंत भोंडे विवरण दिए हैं उनसे बचना किस प्रकार असंभव था। उदाहरण के लिए, हमें पता है कि पाइथागोरसवादियों के लिए न्याय कभी तीन, कभी चार, कभी पांच और कभी नौ होता है। स्वाभाविक है कि दार्शनिक चिंतन की ऐसी ढीली-ढाली और मनमानी-भरी पद्धति के सिलसिले में, अन्य संप्रदायों की अपेक्षा बहुत पहले ही इसमें अनेक प्रकार के विविधतापूर्ण विचार उभरे, जिसमें से कुछ किसी गणितीय रूप की एक व्याख्या को वरीयता देते थे तो कुछ किसी और व्याख्या को। इस गणितीय रहस्यवाद में जिस बात में कोई सच्चाई या जिसका कोई महत्व है वह मात्र यह विचार है कि नियम, व्यवस्था और सहमति प्रकृति में ही निहित हैं, और यह कि इन संबंधों को संख्याओं और मापों में व्यक्त किया जा सकता है। लेकिन इस सत्य को पाइथागोरसवादियों ने एक ऐसे कट्टरपंथ की फंतासियों में छिपा रखा है जो एक ही साथ अनियंत्रित और हृदयहीन, दोनों है।

"अगर पृथ्वी और तारों की गति की बात छोड़ दें तो पाइथागोरसवादियों के भौतिक विज्ञान में वैज्ञानिक महत्व की शायद ही कोई बात हो। उनका नीतिशास्त्र भी दोषों से भरा था। इस संबंध में जो कुछ जानकारी हम तक पहुंची है वह उनके दर्शनशास्त्र के बजाय उनके अजीबोगरीब पंथ के जीवन और अनुशासन की विशेषता बतलाती है। व्यावहारिक पक्ष को लें तो पाइथागोरसवादियों की पूरी प्रवृत्ति मतिधर्मी थी और उसका एकमात्र उद्देश्य नैतिक सिद्धांत को कठोरता से लागू करना था। आत्मा के बंधन-रूप में शरीर की उनकी धारणा, और बाद की यह धारणा कि आत्मा श्रेष्ठतम क्षेत्रों से संबंध रखती है; उनका यह विचार कि शरीर के नाश के बाद आत्मा पशुकाया में प्रवेश करती है और इससे उस काया को केवल शुद्ध और पवित्र जीवन द्वारा ही बचाया जा सकता है; परलोक के कड़े दंड-विधान के बारे में उनके वर्णन; उनकी यह मान्यता कि मनुष्य को स्वयं को ईश्वर की संपत्ति मानना चाहिए, हर बात में ईश्वर-इच्छा का पालन करना चाहिए और हमेशा ईश्वर-जैसा बनने का प्रयत्न करना चाहिए—इन्हीं विचारों को बाद में अफलातून ने और भी विकसित किया था, खासकर अपनी कृति *फेड्दो* में—इन सभी बातों को प्रमाणस्वरूप उद्‌धृत किया जा सकता है।"

एक नया मोड़ : हेराक्लाइटस

एफेसस के हेराक्लाइटस का सक्रियतम काल 513 ईसा-पूर्व के आसपास है। उसके उत्तराधिकारियों ने उसे 'काले' का उपनाम दे डाला था क्योंकि उसके दर्शनशास्त्र का केंद्रीय विषय इतना गूढ़ था कि आसानी से समझ में नहीं आता था, और इससे भी बढ़कर यह कि उसे व्यक्त करने की उसकी शैली लगता है कि कुछ-कुछ अस्पष्ट थी। उसने *आन नेचर* नामक एक पुस्तक लिखी थी, पर इसके मात्र कुछ अंश ही आज बचे हैं। "यह कृति जो जगह-जगह अचानक विषय-परिवर्तन के कारण, तीव्र भावों से भरी हुई अभिव्यक्ति के कारण और स्वयं हेराक्लाइटस की दार्शनिक मौलिकता के कारण, और फिर संभवतः प्राचीनतम गद्य के प्रचलन से बाहर हो जाने के कारण भी कठिन हो गई है, जल्द ही आप अपनी मिसाल बन गई। सुकरात ने इसके बारे में कहा था कि 'जो कुछ उसने समझा था वह श्रेष्ठ था, जो कुछ नहीं समझा था वह भी उसकी राय में उतना ही श्रेष्ठ था, लेकिन इस पुस्तक को समझने के लिए कड़ी मग़ज़मारी की जरूरत थी।' बाद के लेखकों और खासकर स्टोइकों ने इस पर टीकाएं की हैं।"[12]

प्राचीन लेखक एकमत होकर हेराक्लाइटस के नाम से इस विचार को जोड़ते हैं कि तमाम वस्तुएं निरंतर गति और परिवर्तन की प्रक्रिया में हैं और उनका दिखाई पड़नेवाला स्थायित्व मात्र एक छलावा है।

"उसका एक कथन इस प्रकार है : 'एक ही नदी में हम उतरते हैं और नहीं भी उतरते। कारण कि एक ही नदी में कोई भी व्यक्ति दो बार नहीं उतर सकता; यह हमेशा बिखरती और फिर एकत्र होती रहती है, बल्कि एक ही साथ पास भी आती है और दूर भी जाती है।' उसका कथन था कि कोई भी वस्तु हमेशा एकसमान नहीं रहती; वह आती है और जाती है; विघटित होकर दूसरे रूपों में समा जाती है; हर वस्तु से हर वस्तु उत्पन्न होती है, जैसे जीवन से मृत्यु और मृत्यु से जीवन का अविर्भाव होता है; हर जगह और शाश्वत काल तक जन्म-मरण की यही प्रक्रिया चलती रहती है। इसलिए कहा जाता है, और अकारण नहीं कहा जाता, कि हेराक्लाइटस ने वस्तु-जगत से शांति और स्थायित्व को देशनिकाला दे दिया, और यह कि अगर वह कानों और आंखों को छलावे का दोषी ठहराता है तो निश्चित ही उसका यह मतलब होता है कि

वे मनुष्य को स्थायित्व का भ्रम दिलाती हैं, जबकि विश्व निरंतर परिवर्तनशील है।"[13]

इसके अलावा उसने अपने ही ढंग से, और यूरोपीय विचारधारा के इतिहास में पहली बार, यह निष्कर्ष निकाला कि विश्व की निरंतर गति या निरंतर संभवन (बिकमिंग) वाली यह बुनियादी विशेषता स्वयं में कार्यरत आंतरिक अंतर्विरोध के कारण है।

"हेराक्लाइटस बतलाता है कि संभवन की पूरी प्रक्रिया को परस्पर-विरोधी तत्वों का, परस्पर-विरोधी सिद्धांतों के सामंजस्यपूर्ण योग का परिणाम समझा जाना चाहिए। अगर एक-दूसरे से भिन्न, एक-दूसरे से टकरा रही कोई भी सत्ता एक-दूसरे को अंशतः नष्ट करनेवाली और अंशतः आकर्षित करनेवाली, तथा एक-दूसरे में समाहित होनेवाली परस्पर-विरोधी सत्ताओं में विभाजित नहीं होती, तो सबकुछ—सारा यथार्थ जगत और सारा जीवन—रुककर नष्ट हो जाएगा। इसलिए उसकी दो सुपरिचित सूक्तियां इस प्रकार हैं—'संघर्ष तमाम वस्तुओं का जनक है', और 'कोई भी सत्ता स्वयं से टूटकर स्वयं में संलीन होती है, ठीक उसी प्रकार जैसे वाद्य-यंत्र और तार का सामंजस्य होता है।' इसका अर्थ यही है कि विश्व में एकता उसी सीमा तक है जिस सीमा तक विश्व का जीवन प्रतिपक्षों में विभाजित होता है, क्योंकि यह एकता इन्हीं प्रतिपक्षों के संयोग और साम का नाम है। एकता द्वैत्व की, सामंजस्य असामंजस्य की, आकर्षण प्रतिकर्षण की मांग करते हैं, और एक के माध्यम से ही दूसरे की सिद्धि होती है। उसकी एक सूक्ति इस प्रकार की है कि समग्र और असमग्र को, संगत और असंगत को, अनुकूल और प्रतिकूल को एक साथ करो कि एक से सभी का और सभी से एक का आविर्भाव होता है।"[14]

अनेक सदियों बाद हेगेल के भाग्य में यह था कि वह इन बुनियादी सिद्धांतों का पुनर्प्रतिपादन करे। इसलिए यह बात आसानी से समझी जा सकती है कि हेगेल ने अपनी कृति *लेक्चर्स आन दि हिस्ट्री आफ फिलॉसफी* में हेराक्लाइटस की भूरि-भूरि प्रशंसा की है। उसके दर्शनशास्त्र का उपयोग करते हुए हेगेल ने लिखा है : "यहीं हमें अपनी भूमि दिखाई देती है; हेराक्लाइटस की कोई भी प्रस्थापना ऐसी नहीं है जिसे मैंने अपने 'लॉजिक' में न अपनाया हो।"[15]

"हेराक्लाइटस का कथन है : 'हर वस्तु परिवर्तन की दशा में है; कोई भी वस्तु हमेशा नहीं बनी रहती और न ही वह एक समान रहती है।'" इस सार्वभौम सिद्धांत को बेहतर तौर पर संभवन कहा जा सकता है जो सत् (बीइंग) का सत्य है। चूंकि हर वस्तु है भी और नहीं भी है, इसलिए इस तरह हेराक्लाइटस ने यह बतलाया है कि वस्तु संभवन है। उसका मात्र जन्म ही नहीं होता, बल्कि उसका मरण भी होता है; ये दोनों परस्पर-स्वतंत्र न होकर एकरूप (आइडेंटिकल) हैं। सत् से संभवन की ओर बढ़ना विचार-प्रक्रिया में एक महान प्रगति है, भले ही विरोधी अवधारणों (डिटर्मिनेशंस) की प्रथम एकता के रूप में यह अब भी अमूर्त हो। कारण यह है कि इस संबंध के भीतर

दोनों ही विश्रामहीनता की स्थिति में होंगे और इसलिए जीवन का सिद्धांत उनके अंदर होगा, उन्हें वह गति मिलती है जो पहले की दार्शनिक विचारधाराओं में, जैसाकि अरस्तू ने दिखाया है, नहीं नज़र आती थी; और इस गति को मूलतत्व का दर्जा तक दिया गया है। इसलिए यह दर्शनशास्त्र वह नहीं जो लुप्त हो चुका हो; इसका मूलतत्व परमावश्यक है, और इसे मेरे 'लॉजिक' के आरंभ में 'सत् और असत्' के फौरन बाद पढ़ा जा सकता है। सत् और असत् सत्य से रहित अमूर्त धारणाएं मात्र हैं, और यह कि सत् मात्र संभवन में ही पाया जा सकता है—इस तथ्य की स्वीकृति एक महान प्रगति है।"[16]

हेराक्लाइटस को आयोनियाई परंपरा का दर्शनशास्त्री माना जा सकता है, हालांकि कालक्रम की दृष्टि से वह कुछ बाद में आता है। वह इसी परंपरा की निरंतरता का प्रतीक है। उसने एक प्राकृतिक तत्व, अग्नि को हर वस्तु का मूलतत्व ठहराया। मगर साथ ही वह आयोनियाई दर्शनशास्त्रियों से बहुत आगे है, और इस तथ्य को अनदेखा नहीं किया जाना चाहिए। जॉर्ज थॉमसन ने इसी बात को इस तरह स्पष्ट किया है। उन्होंने हेराक्लाइटस के एक प्रसिद्ध कथन को उद्धृत करके दिखाया है कि दार्शनिक चिंतन के क्षेत्र में वह कितना आगे था।

"'यह विश्व जो हरेक के लिए एकसमान है, किसी देवता या मनुष्य की रचना नहीं है। यह एक निश्चित अंतराल पर जलती और एक निश्चित अंतराल पर बुझती निरंतर विद्यमान अग्नि के रूप में हमेशा से रहा है, आज भी है, और हमेशा रहेगा।'

"इस प्रकार हेराक्लाइटस के अनुसार प्राथमिक द्रव्य अग्नि है जो मिलेशस संप्रदाय के जल, अपरिमित और वायु के संगत है। पर यह अग्नि मौलिक होने के अर्थ में प्राथमिक नहीं है। उसके विश्व का कोई मूल नहीं है। उसका अस्तित्व हमेशा रहा है। इस स्थान पर हेराक्लाइटस का रास्ता उसके पूर्ववर्तियों के रास्ते से अलग हो जाता है। उन सबका प्रस्थान-बिंदु पुराणकथाशास्त्र से और पुराणकथाशास्त्र के द्वारा समाज से व्युत्पन्न यह पारंपरिक मान्यता है कि सृष्टि का कालक्रम में उद्‌विकास हुआ है। उसकी सृष्टि अनादि और अनंत, तथा अपनी नियामक आप है। इसलिए इसकी शिनाख्त वह जिस अग्नि से करता है वह केवल इसी अर्थ में प्राथमिक है कि वह उसके अस्तित्व के मूलभूत नियम—निरंतर परिवर्तन तथा विरोधियों के टकराव के नियम—की प्रतीक है। इस नियम का समुचित प्रतीक केवल वही तत्व हो सकता है जो स्वयं हमेशा गतिमान दिखाई दे और अपने संपर्क में आनेवाली हर वस्तु को रूपांतरित कर दे। पर यह एक प्रतीक मात्र है; वास्तविकता एक अमूर्त सत्ता है। इसलिए हेराक्लाइटस के दर्शनशास्त्र में मिलेशसवालों के सृष्टि-विधान का प्राथमिक तत्व अपना मूर्त रूप खो बैठता है और एक अमूर्त विचार बन जाता है।"[17]

उतना ही महत्वपूर्ण वह कदम है जो उसने, निहितार्थ रूप में ही सही, तर्कशास्त्र के इतिहास के क्षेत्र में उठाया। हम एक बार फिर जॉर्ज थॉमसन को उद्धृत करते हैं :

"परस्पर-विरोधियों का यह निरतर टकराव जिसके बिना विश्व का अस्तित्व असंभव है, अन्यायसंगत नहीं है जैसाकि अनाक्सीमिंदर का कहना था, बल्कि न्यायसंगत है : 'हमें यह समझना चाहिए कि युद्ध सबकी साझी गतिविधि है, और टकराव ही न्याय है।' इसके अलावा : 'होमर की यह प्रार्थना अनुचित थी कि पृथ्वी से टकराव का विनाश हो जाए, क्योंकि अगर उसकी प्रार्थना स्वीकार हो गई होती तो तमाम वस्तुओं का विनाश हो जाता।' किसी भी वस्तु का उसके विरोधी के बिना अस्तित्व असंभव है, बल्कि परस्पर-विरोधियों का टकराव तमाम वस्तुओं की प्रकृति में ही निहित है : 'कुछ ही समग्र है और असमग्र भी है; सहमति असहमति है और मतैक्य वैषम्य है।' इसी तरह, 'रोग ही स्वास्थ्य को, बुराई ही अच्छाई को, भूख भरपेट भोजन को और थकान आराम को खुशगवार बनाते हैं।' इसलिए हालांकि 'लोग कुछ बातों को गलत और कुछ को सही मानते हैं', फिर भी सच्चाई यह है कि 'ईश्वर के नज़दीक सभी वस्तुएं उचित, अच्छी और सही हैं, क्योंकि 'शुभ और अशुभ एक ही हैं।' यही वस्तुओं का वह 'गुप्त सामंजस्य' है जिसे केवल बुद्धिमान मनुष्य ही समझ पाता है।

"जहां तक उनके भौतिक संबंधों का प्रश्न है, सभी तत्व बराबर हैं, मगर वे एक मूल्य-सोपान में व्यवस्थित हैं जिनमें सबसे ऊपर अग्नि है। जिस तरह निद्रा मृत्यु से और जागृति निद्रा से श्रेष्ठतर हैं, उसी प्रकार जल पृथ्वी से और अग्नि जल से श्रेष्ठतर हैं। पर जैसाकि कहा जा चुका है, यह अग्नि इसी नाम से जानी जानेवाली भौतिक प्रक्रिया से बहुत बड़ी कोई वस्तु है : यही जीवन है, बोध है, दैवी है। इस देवत्व को परस्पर-विरोधियों के किसी जोड़े में से किसी वस्तु से नहीं जोड़ा जाना चाहिए, जिसका उपदेश पाइथागोरस ने दिया है, बल्कि इसके विपरीत इसे सभी विरोधियों की एकता से जोड़ना चाहिए : 'ईश्वर दिन और रात है, ग्रीष्म और शीत है, युद्ध और शांति है, तृप्ति और अतृप्ति है।' इसलिए बुद्धितत्व (लॉगॉस) का वर्णन एक ओर तत्वों के बीच आदान-प्रदान की दर, या और भी सामान्य शब्दों में कहें तो परस्पर-विरोधियों के अंतर्वेधन के नियम के रूप में किया जा सकता है, तो दूसरी ओर उस नियम की समझ के रूप में जिसे कुछ सीमा तक मनुष्य प्राप्त कर सकता है, मगर जिसकी पूर्ण प्राप्ति केवल ईश्वर के लिए संभव है।

"मन और पदार्थ की एक जीवंत एकता के रूप में सृष्टि की यह अवधारणा तर्क की एक विशिष्ट पद्धति की मांग करती है, और यह पद्धति भी बुद्धितत्व (लॉगॉस) का एक अंग है। आज हम अतीतलक्षी दृष्टि (रिट्रॉसपेक्टिविटी) से हेराक्लाइटस के तर्कशास्त्र को औपचारिक तर्कशास्त्र के नियमों का निषेध बतला सकते हैं। ऐतिहासिक रूप से, औपचारिक तर्कशास्त्र के नियमों को हेराक्लाइटस के तर्कशास्त्र का निषेध बतलाना अधिक सही होगा। प्राचीन तर्कशास्त्र के बारे में हम पार्मेनिदीज़ की कृतियों की विवेचना करने के बाद कुछ कहेंगे। यहां हमारा सरोकार इन दोनों के विरोध को सामने लाने से है।

"औपचारिक तर्कशास्त्र के नियमों की आधुनिक द्वंद्ववादी भौतिकवाद के दृष्टिकोण से आलोचना करते हुए काडवेल ने कहा था : 'तार्किक नियम सामाजिक होते हैं। अगर भाषा को अपना सामाजिक प्रकार्य (फंक्शन) पूरा करना है तो ये (तार्किक) नियम ऐसे सन्निकट (एप्रॉक्सिमेट) नियम हैं जिनका पालन आवश्यक है। पर वे किसी भी तरह वास्तविकता की प्रकृति के सही प्रतिबिंब नहीं हैं ... यह सही नहीं है कि कोई वस्तु या तो 'अ' है या 'अ-नहीं' है। कल यह 'अ' थी, और आज यह 'अ-नहीं' है। यह सही नहीं है कि कोई वस्तु एक ही साथ 'अ' और 'अ-नहीं', दोनों नहीं हो सकती। आज मैं जीवित हूं तो किसी दिन मैं मृत हूंगा। कल मैं मृत हूंगा या नहीं हूंगा। दोनों ही विकल्प एकसमान सही हैं। क्रिया 'है' का उपयोग तर्कशास्त्र के पद्धतिमूलक नियमों में एक दिखावे की सच्चाई पैदा करता है; इसमें एक सार्वभौम दृष्टांत निहित है, पर हम सापेक्षता के भौतिक विज्ञान से जानते हैं कि यह असंभव है। यह मात्र एक सामाजिक दृष्टांत है।'

"केवल अंतिम वाक्य को छोड़कर उपरोक्त शेष सभी बातें हेराक्लाइटस के यहां निहित हैं। 'समुद्र शुद्धतम और अशुद्धतम जल, दोनों है।' 'हमारे अंदर की एक ही वस्तु गतिमान और मृत, जाग्रत और सुप्त, युवा और वृद्ध, दोनों है।' 'एक ही नदी में हम उतरते हैं और नहीं उतरते; हम हैं और हम नहीं हैं।' हेराक्लाइटस को सापेक्षता के भौतिक विज्ञान के बारे में कुछ भी पता न था, पर किसी भी सार्वभौम दृष्टांत की संभावना से उसने इनकार किया है। वह इसमें इसलिए सफल रहा कि ऐसी संभावना आदिम विचारधारा के लिए अनजानी थी। इसकी जगह उसने आदिम विचारधारा में निहित, मगर पहले कभी भी व्यक्त न किए गए विरोधियों की एकता के सिद्धांत को प्रस्तुत किया।"[18]

स्पष्ट है कि यह सबकुछ हेगेल के उस द्वंद्ववादी तर्कशास्त्र का एक उल्लेखनीय पूर्वगामी था, जो हमें पता है कि मार्क्स और एंगेल्स की बुनियादी पद्धति का आधार था, और वे इसके लिए मुख्यत: हेगेल के प्रति आभारी थे। अपनी *फिलासाफिकल नोटबुक्स* में लेनिन ने तो हेगेल के एक कथन को द्वंद्ववादी भौतिकवाद के सिद्धांतों का एक बहुत अच्छा परिचय तक बतलाया है।[19] वह कथन इस प्रकार है : "सभी वस्तुओं पर आधारित समग्रता के रूप में विश्व की रचना किसी ईश्वर या मनुष्य ने नहीं की, बल्कि यह नियमित रूप से जलती और बुझती, निरंतर विद्यमान अग्नि के रूप में हमेशा रहा है, आज भी है, और हमेशा रहेगा।"

कहा जाता है कि हेराक्लाइटस ने एक पुस्तक भविष्यवक्ताओं की शैली में लिखी थी जो अपने-आपमें एक विश्वकोश जैसी थी। इसके कुछ शेष बचे उद्धरण इस प्रकार हैं :

> "सूर्य प्रतिदिन एक नया सूर्य होता है।"
>
> "जो भी वस्तु विरोध में है वह अनुकूल भी है, और परस्पर भिन्न वस्तुओं

से ही सुंदरतम सामंजस्य पैदा होता है।"

"रातों के मटरगश्त, जादूगर, मद्यदेव के भक्त, मेनाड (एक देवी) के प्रेमी, रहस्यज्ञानी : मानवजाति द्वारा स्वीकृत रहस्यवादी कर्मकांड एक अपवित्र कर्म हैं।"

"काफी ज्ञान भी किसी को बुद्धि नहीं दे सकता, क्योंकि तब इससे हेसियोद, पाइथागोरस, ज़ेनोफेंस और हेकातियस को भी बुद्धि मिली होती।"

"एक ही नदी में हम उतरते हैं और नहीं उतरते; हम हैं और नहीं भी हैं।"

"गुप्त सामंजस्य प्रकट सामंजस्य से अधिक मजबूत (या अच्छा) होता है।"

"हेसियोद बहुतों का गुरु है, जिसे दिन और रात की समझ न थी; क्योंकि वे एक हैं।"

"ऊपर और नीचे का रास्ता एक और एक ही है।"

"यह विनिमय की एक प्रक्रिया है : सभी वस्तुएं अग्नि और अग्नि सभी वस्तुओं के लिए, जिस प्रकार माल सोने के बदले और सोना मालों के बदले।"

"एक ही नदी में दो बार उतर सकना संभव नहीं है।"

"मैंने अपनी तलाश अपने-आपमें की।"

"ठंडी वस्तुएं गर्म और गर्म वस्तुएं ठंडी हो जाती हैं; नम शुष्क हो जाता है और शुष्क नम हो जाता है।"

"(मिस्रवासियों से) : अगर वे देवता हैं तो तुम उनका शोक क्यों करते हो ? अगर तुम उनका शोक करते हो तो इसका अर्थ यह है कि तुम उन्हें अब देवता नहीं मानते।"

"वे (हेलेनावासी) देवताओं की उन मूर्तियों के आगे प्रार्थना करते हैं जो उनकी प्रार्थना नहीं सुनते; गोया कि वे सुनते तो हैं पर कुछ देते नहीं, जिस तरह कि वे खुद कुछ मांग नहीं सकते।"

एलियावादी दर्शनशास्त्री

हेराक्लाइटस का दर्शनशास्त्र प्राचीन यूनानी समाज के लिए कुछ ज्यादा ही क्रांतिकारी सिद्ध हुआ। अगर हर वस्तु निरंतर परिवर्तन की प्रक्रिया में है तो फिर तो समाज-व्यवस्था और विशेषाधिकार-प्राप्त वर्ग के विशेषाधिकारों के साथ भी यही बात होगी। इसलिए बाद के यूनानी अभिजात वर्ग ने चेतन या अचेतन रूप से किसी भी कीमत पर इस दर्शनशास्त्र का विरोध करने की जरूरत महसूस की। इसलिए आश्चर्य की बात नहीं कि हेराक्लाइटस की उपलब्धियों को नष्ट करने तथा सभी परिवर्तनों से परे रहनेवाले शुद्ध सत् के सिद्धांत पर जोर देने का उत्साह बढ़ता गया। मगर परिवर्तन, कुछ भी हो, अनुभव का अंग है। इसलिए परिवर्तन के साथ-साथ इंद्रियजन्य साक्ष्य को नकारने की जरूरत महसूस की गई, ताकि दर्शनशास्त्र प्रत्यक्ष प्रेक्षण के सभी साक्ष्यों को रद्द करके शुद्ध अमूर्त के क्षेत्र में शुद्ध बुद्धि की उड़ान बन सके। इस प्रवृत्ति का प्रतिनिधित्व एलियावादी कहे जानेवाले दर्शनशास्त्री करते थे; उनके संप्रदाय को यह नाम दक्षिणी इटली के एलिया नगर से मिला। इस संप्रदाय के प्रमुखतम दर्शनशास्त्री ज़ेनो और पार्मेनिदीज़ थे, और ये दोनों एलिया के नागरिक थे। पर इस संप्रदाय का प्रतिष्ठित संस्थापक ज़ेनोफेंस था, और उसके बारे में इतिहासकारों को संदेह है कि उसने कभी एलिया का भ्रमण भी किया होगा। कुछ भी हो, ज़ेनोफेंस कोई गंभीर दर्शनशास्त्री न था। फिर भी हम इस अध्याय का आरंभ उसी के एक संक्षिप्त वर्णन से करेंगे, ताकि यह समझा जा सके कि एलियावादियों के साथ यूनानी दर्शनशास्त्र में कितना बड़ा मोड़ आया; यही वह मोड़ था जो आगे चलकर अफलातून के अतिवादी विचारवाद के रूप में उत्कर्ष पर पहुंचा।

(अ) ज़ेनोफेंस

ज़ेनोफेंस मुख्यतः सीमित अर्थ में ही दर्शनशास्त्री था। उसकी रुचि का प्रमुख विषय धर्म था और धार्मिक नेता के रूप में वह पाइथागोरसवादियों के रहस्यवाद से काफी प्रभावित था। अनुमान किया जाता है कि वह स्वयं पाइथागोरस का परवर्ती समकालीन था। हालांकि उसका जन्म आयोनिया के कोलोफोन नगर में 576 ईसा-पूर्व के आसपास हुआ

था, मगर आरंभिक आयोनियाई दर्शनशास्त्रियों की वैज्ञानिक उपलब्धियों में जो कुछ सकारात्मक था वह सब उसने स्वीकार नहीं किया। उसने एक लंबी जिंदगी जी और उसे मुख्यत: दावतों में गीत गाते हुए घुमक्कड़ भाट के रूप में बिताया। जो भी दार्शनिक विचार उससे मंसूब किए जाते हैं, वे उसके द्वारा रचित कविता के बच रहे अंशों से ही निकाले गए हैं। इन दार्शनिक, बल्कि संभवत: धर्मशास्त्रीय, विचारों को नीचे दिया गया है :

''ईश्वरीय एकता का विचार तथा लोक-प्रचलित धर्म के मानवतारोपण (एंथ्रोपोमार्फिज्म) के खिलाफ विवाद—यही उसका प्रस्थानबिंदु है। वह इन भ्रामक धारणाओं से रुष्ट है कि देवताओं का भी जन्म हुआ था, कि वे मनुष्यों की वाणी में बोलते थे, उनका आकार मनुष्यों जैसा था, आदि; और उसने होमर और हेसियोद की सख्त आलोचना की है कि उन्होंने देवताओं से डाकूगीरी, परस्त्रीगमन, धोखाधड़ी, आदि को भी मंसूब किया है। उसके नज़दीक ईश्वर सर्वदर्शी, सर्वज्ञाता, सबकुछ सुननेवाला, अचल, अविभाजित, अविचलित है; वह विचार के माध्यम से शासन करता है, और मनुष्यों से न तो रूप और न ही बोध के मामले में उसकी कोई समानता है। इस तरह ईश्वर को सांतत्व के सूचक सभी शब्दों और विधेयों से मुक्त रखने का प्रयास करते तथा उसकी एकता और अपरिवर्तनशीलता का दावा करते हुए, साथ-ही-साथ उसने कहा कि उसकी प्रकृति ही उच्चतम **दार्शनिक** सिद्धांत है। मगर उसने अपनी प्रस्थापना को नकारात्मक रूप में अर्थात् सांत सत् के विरुद्ध शास्त्रार्थ के रूप में नहीं रखा है।''[20]

ज़ेनोफेंस ने अनेक गेय पदों की रचना की है। कुछ उद्धरण इस प्रकार हैं :

> ''होमर और हेसियोद, दोनों ने देवताओं से वे सभी बातें मंसूब की हैं जो मानवजाति के लिए लज्जाजनक और उलाहने के विषय हैं : जैसे चोरी, परस्त्रीगमन और एक-दूसरे के साथ धोखाधड़ी।''
>
> ''परंतु मर्त्य मनुष्यों का विश्वास है कि देवताओं का भी जन्म हुआ था और यह कि उनका परिधान, वाणी और शरीर उनके (मर्त्य मनुष्यों के) जैसे हैं।''
>
> ''परंतु अगर बैलों (और घोड़ों) और शेरों के भी हाथ होते या वे हाथों से मनुष्यों की तरह आकृतियां खींच सकते या कलाकृतियां बना सकते, तो घोड़े देवताओं को घोड़ों जैसे दिखलाते और बैल बैलों जैसे दिखलाते, और वे (अपने देवताओं के) शरीर ऐसे ही दिखलाते जैसे कि हर प्रजाति का स्वयं अपना शरीर होता है।''
>
> ''इथोपियाई लोगों के देवता चपटी नाकों और काले बालोंवाले होते हैं, और थ्रेसियावालों के देवता भूरी आंखों और लाल बालोंवाले होते हैं।''

''सत्य है कि देवताओं ने मर्त्य मनुष्यों को सारी बातें आरंभ में ही नहीं बतलाईं; पर मर्त्य मनुष्य लंबी तलाश के बाद श्रेष्ठतर क्या है, इसका पता लगा लेते हैं।''

''सभी वस्तुएं जो अस्तित्व में आती और बढ़ती हैं, मात्र पृथ्वी और जल हैं।''

(ब) पार्मेनिदीज़

अपने पूर्ववर्ती ज़ेनोफेंस की तरह पार्मेनिदीज़ ने भी, जो सही अर्थों में एलियावादी संप्रदाय का प्रमुख था, अपने विचारों को एक महाकाव्य के रूप में व्यक्त किया है, और इसका अच्छा-खासा भाग सुरक्षित बचा हुआ है। छठी सदी ईसा-पूर्व के अंतिम चतुर्थांश में जन्म लेनेवाले इस दर्शनशास्त्री के आरंभिक जीवन पर संभव है, पाइथागोरसवादियों का कुछ प्रभाव रहा हो, और यह भी मुमकिन है कि वह पाइथागोरीय पंथ का सदस्य रहा हो। मगर बाद में उसने इस पंथ की सदस्यता छोड़ दी होगी और पाइथागोरसवाद से, बल्कि अपने पूर्ववर्तियों की सभी दार्शनिक उपलब्धियों से नाता तोड़ लिया होगा। इससे उसके साथ यूनानी दर्शनशास्त्र में एक भारी मोड़ आया।

उसके दार्शनिक काव्यग्रंथ का आरंभ एक तरह की रहस्यवादी स्वप्न-दृष्टि से होता है जो प्राचीन यूनानियों के रहस्यात्मक धर्म से प्रेरित रही होगी। ग्रंथ के इस भाग में उसका धार्मिक रुझान तो स्पष्ट है, पर इसका शायद ही कोई दार्शनिक महत्व हो। उसके ग्रंथ का वास्तविक दार्शनिक महत्व तो उसके शेष अंशों में है जो दो भागों में विभाजित है। इनके शीर्षक *वे आफ ट्रुथ* और *वे आफ सीमिंग* हैं। जॉर्ज थॉमसन के शब्दों में : ''पार्मेनिदीज़ *वे आफ ट्रुथ* में सृष्टि की प्रकृति के बारे में अपना स्वयं का एक सिद्धांत प्रस्तुत करता है। इसकी मौलिकतम विशेषता है इंद्रियजन्य साक्ष्यों का पूरी तरह नकार। इसके बाद आनेवाले *वे आफ सीमिंग* में इंद्रियजन्य साक्ष्यों को स्वीकार किया गया है। इसे *वे आफ ट्रुथ* का प्रतिपादन करनेवाली किसी देवी के मुख से कहलाया गया है; वह यह मानती है कि यह साक्ष्य भ्रामक है, पर वह पार्मेनिदीज़ को आश्वासन देती है कि यह बात जानने के बाद कभी भी, किसी की भी बुद्धि उससे बढ़कर नहीं होगी। शेष बचे अंशों से पता चलता है कि इसमें प्रचलित ढंग का एक सृष्टि-विधान शामिल था जो न तो पाइथागोरीय था और न ही आयोनियाई, बल्कि देखने में स्वयं पार्मेनिदीज़ का एक आविष्कार था, फिर भी *वे आफ ट्रुथ* में प्रतिपादित सिद्धांत से उसका किसी भी अर्थ में कोई तालमेल नहीं है। इस असंगति की भला क्या व्याख्या हो सकती है ?''[21]

आरंभिक बाइजेंतीनी काल के एक एथेनी दर्शनशास्त्री, सिप्लिकस का अनुसरण करते हुए थॉमसन ने स्वयं भी निम्नलिखित उत्तर सुझाए हैं :

"उसकी दृष्टि में *वे आफ ट्रुथ* का संबंध बोधगम्य विश्व से है, जबकि *वे आफ सीमिंग* का संबंध इंद्रियगम्य विश्व से है। जैसाकि बर्नेट का कहना है, यह एक घिसा-पिटा भेद है— इस अर्थ में कि पार्मेनिदीज़ ने इन शब्दों में दो तरह के विश्व में अंतर नहीं किया होगा। साथ ही उसे इस बात का स्पष्ट रूप से ज्ञान रहा होगा कि *वे आफ ट्रुथ* में उसने जिस इंद्रियगम्य विश्व की यथार्थता को नकारा है, उसका कम से कम एक मायावी अस्तित्व अवश्य है जिसके कुछ विवरण संभव है अन्य विवरणों से अधिक विश्वसनीय रहे हों और *वे आफ सीमिंग* में उसने वह विवरण दिया है जिसे उसने सबसे अधिक विश्वसनीय समझा। यही वह व्याख्या है जिसे आज आमतौर पर स्वीकार किया जाता है, और रहस्यवादी उपनयन की दृष्टि से शेष अंशों की पड़ताल करने पर इस व्याख्या की पुष्टि होती है।

"*वे आफ सीमिंग* के अनुसार यह सृष्टि दो विरोधी और बेमेल वस्तुओं—प्रकाश और अंधकार के संयोग से बनी है, और इसके केंद्र में आवश्यकता की देवी (अनंका) निवास करती है जो 'सभी वस्तुओं के विकास-पथ को संचालित करती है।' *वे आफ सीमिंग* के आरंभ में प्रकाश और अंधकार का यह जो अंतर किया गया है, वह निश्चित ही *वे आफ ट्रुथ* की याद दिलाने के लिए किया गया होगा, जिसके आरंभ में वह युवक दिन और रात के द्वार पर पहुंचता है। इस द्वार में उसके प्रवेश करने के बाद उसका स्वागत न्याय की देवी (दाइक) करती है, और इसमें हम आवश्यकता की देवी की छवि देख सकते हैं, मगर फिलहाल जिसे उसके वास्तविक रूप में ही देखा जाना चाहिए। उस युवक को उस देवी से पता चलता है कि यह विश्व दिन और रात, प्रकाश और अंधकार में विभाजित नहीं है, बल्कि यह तो इंद्रियों की पैदा की हुई माया है। सच्चाई यह है कि प्रकाश के अलावा, जो सत् का एक अन्य नाम मात्र है, किसी भी वस्तु का अस्तित्व नहीं है। इस प्रकार *वे आफ सीमिंग* को *वे आफ ट्रुथ* की भूमिका माना जा सकता है। यह इंद्रियगम्य विश्व का श्रेष्ठतम विवरण है। कारण कि अन्वेषक विश्व को माया मात्र माने और सत्य के प्रकाश को ग्रहण करने के लिए तैयार हो सके, इस दिशा में उसे ले जाने के लिए यह सर्वश्रेष्ठ साधन है। यह रहस्यज्ञानी की ज्ञानप्राप्ति की प्रक्रिया का ही एक चरण है।"[22]

संक्षेप में, पार्मेनिदीज़ के अनुसार एक ही अपरिवर्तनीय सत्ता, जिसे मात्र शुद्ध बुद्धि के सहारे समझा जा सकता है, एकमात्र वास्तविकता है। अपने व्यावहारिक जीवन के दैनंदिन अनुभवों से हम बहुलता और परिवर्तन का जो विश्व अपने सामने पाते हैं, वह मात्र माया है। प्रश्न यह है कि यूनानी दर्शनशास्त्र में आखिर ऐसा मोड़ क्यों आया ? इसका उत्तर फैरिंगटन[23] ने दिया है और उनका एक लंबा उद्धरण हम यहां दे रहे हैं :

"पार्मेनिदीज़ के इस अजीबोगरीब दर्शन का अर्थ क्या है ? इस तथ्य का क्या महत्व है कि एक नवपरिभाषित गतिविधि, अर्थात् बुद्धि से युक्त होने पर गर्व करनेवाला

मनुष्य इसकी सहायता से इंद्रियों के बहुविध विश्व की वास्तविकता से इनकार करने पर उतर आया है ? हमें पार्मेनिदीज़ के विचार के दोनों पक्षों, अर्थात् विरोध और आग्रह के पक्षों को समझना चाहिए। एक ओर वह आयोनियाई दर्शनशास्त्र के नास्तिकवादी परिणामों का विरोध करता है कि वह प्रकृति से दैवी सत्ता को ही निकाल देने पर आमादा था, दूसरी ओर बौद्धिक तर्क की तकनीक की प्राथमिकता का आग्रह करता है जो पहली बार प्रकाश में आनेवाली एक नई तकनीक थी। पार्मेनिदीज़ ने अंतर्विरोध के तार्किक सिद्धांत को मजबूती से पकड़ रखा है। वह इस बात को स्वीकार नहीं करता कि कोई वस्तु एक ही समय में हो भी सकती है और नहीं भी हो सकती, फिर भी अगर परिवर्तन की व्याख्या करनी हो तो ऐसी स्वीकृति आवश्यक है। उसके नज़दीक जिस व्यक्ति का भी खास सरोकार धार्मिक धारणाओं से हो (उसे भी ऐतिहासिक रूप से पाइथागोरीय धर्मशास्त्र का एक सुधारक ही मानना चाहिए), उसके लिए परिवर्तन से एकदम इनकार करने में कोई कठिनाई नहीं है। वह वास्तव में खुशी-खुशी ऐसा करने को तैयार था। मगर प्राचीन आयोनियाई संप्रदाय के दृष्टिकोण से—और इस संप्रदाय की दार्शनिक व्याख्या की पद्धतियां, तकनीकों की मदद से प्रकृति को परिवर्तित करने की सक्रिय प्रक्रियाओं से उसके घनिष्ठ संबंध की उपज थीं—परिवर्तन से दामन छुड़ा पाना असंभव है। वे यह नहीं मानते थे कि दर्शनशास्त्र को जीवन की निंदा और उससे संबंध-विच्छेद करना चाहिए। यह विवाद शब्दों तक सीमित न रहकर कहीं और गहराई तक चला गया। एलियावाद दर्शनशास्त्र को व्यावहारिक जीवन में जमी उसकी जड़ों से तोड़ने की दिशा में एक और चरण का सूचक है।''

इस तरह हम पार्मेनिदीज़ के दर्शनशास्त्र में शुद्ध बुद्धि को पहली बार महिमानंडित होते देखते हैं और यह महिमामंडन जल्द ही अफलातून के दर्शनशास्त्र में अपने उत्कर्ष तक पहुंच गया। महिमामंडन ने कैसा वास्तविक संकट खड़ा किया, इसे कांट ने दिखाया है, जिसके लिए यूरोपीय दर्शनशास्त्र के इतिहास को सदियों तक इंतज़ार करना पड़ा। पर इसकी विवेचना प्रस्तुत शृंखला के बाद के एक ग्रंथ में की जाएगी।

पार्मेनिदीज़ ने अपने शिष्य ज़ेनो को संबोधित करके एक लंबे काव्य-ग्रंथ की रचना की थी। इसके कुछ उद्धरण यहां दिए जा रहे हैं :

> ''मेरे पास आ, और मेरी बात सुनकर उसे मान; मैं तुझे बतलाता हूं कि अन्वेषण की वे कौन-सी विधियां हैं, मात्र जिन पर विचार किया जाना चाहिए। पहली विधि यह है कि 'यह है, और इसके लिए न होना असंभव है', केवल यही विश्वासोत्पादक है क्योंकि यह सत्य पर आधारित है, और दूसरी विधि कि 'यह नहीं है और इसका न होना अनिवार्य है', यह मैं तुझे बतलाता हूं कि वह मार्ग है जिसका अनुसरण नहीं किया जा

सकता; क्योंकि जो 'नहीं' है उसे तू न तो पहचान सकता है और न ही व्यक्त कर सकता है।"

"कारण कि सोचना और होना एक ही बात है।"

"फिर भी यह देखो कि किस तरह अनुपस्थित वस्तुएं भी मस्तिष्क में सुरक्षित रूप से विद्यमान हैं; क्योंकि इससे सत् का संबंध-विच्छेद नहीं होता, चाहे वह सृष्टि में हर जगह बिखरा हुआ हो, या एक जगह एकत्र हो।"

"हमें 'सत् है' कहना और सोचना, दोनों चाहिए, क्योंकि अस्ति संभव है और नास्ति संभव नहीं है।"

"कारण कि 'जो नहीं है' उसका अस्तित्व है, यह (विचार) कभी जड़ें नहीं जमा सकता। तुम्हें अपने चिंतन को इस अन्वेषण-मार्ग से दूर रखना चाहिए और न ही इसकी छूट देनी चाहिए कि वैविध्यपूर्ण सामान्य अनुभव तुम्हें इस रास्ते पर ले जाएं (अर्थात्) आंख जो स्वयं दृष्टिहीन है, और कान जो आवाजों से भरा है, और जिह्वा तुम पर शासन करें; बल्कि (तुम्हें चाहिए कि तुम) सभी बातों का निर्णय बुद्धि (लॉगॉस) के द्वारा करो कि यह वह अत्यधिक विवादग्रस्त प्रमाण है जिसका प्रतिपादन मेरे द्वारा किया गया है।"

"इसलिए इस मत के अनुसार वस्तुओं की सृष्टि इसी प्रकार हुई है, और वे विद्यमान हैं और आगे चलकर बढ़ेंगी और कालकवलित हो जाएंगी। और इन वस्तुओं के लिए मनुष्यों ने अलग-अलग नाम निश्चित कर रखे हैं।"

(स) ज़ेनो

पार्मेनिदीज़ का शिष्य ज़ेनो अपने गुरु की इस प्रस्थापना को कि एक अपरिवर्तनीय सत्ता ही यथार्थ है, बेहद काइयांपन से भरे अनेक तर्कों से सिद्ध करना चाहता था। इन तर्कों का उद्देश्य यह था कि बाहुल्य और गति को आंतरिक अंतर्विरोधों से ग्रस्त दिखाकर अयथार्थ सिद्ध किया जाए। बाहुल्य की यथार्थता के विरुद्ध उसका तर्क इस प्रकार था : 'अनेक' उन इकाइयों का संचय होता है जिनसे वह बना होता है; पर कोई भी वास्तविक इकाई (जो स्वयं बाहुल्यपूर्ण न हो) अनिवार्यतः अविभाज्य होती है। परंतु जो कुछ अविभाज्य है वह प्रसार (मैग्निट्यूड) से रहित होगा (अन्यथा उसका विभाजन निश्चित ही संभव होगा); फलस्वरूप 'अनेक' का कोई प्रसार होना संभव नहीं है, और यह अनंत रूप से सूक्ष्म होना चाहिए। अगर हम इस निष्कर्ष से इस आधार पर बचना चाहें कि जो कुछ प्रसार से रहित है वह नास्ति के समान है, तो हमें अनेक (अर्थात् अनेक की इकाइयों) को आत्मनिर्भर मात्राएं मानना पड़ेगा। पर कोई आत्मनिर्भर मात्रा

स्वयं प्रसार से युक्त होगी (अन्यथा यह उनसे संलीन हो जाएगी)। इन विलगावकारी मात्राओं का भी (इसी कारण से) उनसे विलगाव अन्य मात्राओं के द्वारा किया जाना चाहिए जिनका वे स्वयं विलगाव करती हैं, इत्यादि। इस प्रकार सभी वस्तुओं का बहुल मात्राओं द्वारा अनंत की सीमा तक विलगाव होता है; सारा सीमित, निश्चित प्रसार लुप्त हो जाता है और अनंत प्रसार के अलावा किसी भी वस्तु का अस्तित्व नहीं रहता।[24]

गति की यथार्थता के विरुद्ध उसके प्रमुख तर्क तो और भी काइयांपन से भरे हुए हैं। इनको लोक-शैली में कुछ विरोधाभासों के रूप में व्यक्त किया गया है। जैसे—उड़ता हुआ तीर उड़ता नहीं है, या अगर किसी कछुवे को दूरी का कुछ लाभ दे दिया जाए तो एकिलीज़ कभी उससे दौड़कर आगे नहीं जा सकता।

उड़ते हुए तीर का विरोधाभास इस प्रकार व्यक्त किया गया है : "कोई भी वस्तु एक ही साथ दो स्थानों पर नहीं हो सकती। इसलिए अपनी उड़ान के किसी भी विशेष क्षण में तीर दो जगहों पर नहीं, बल्कि एक जगह पर होता है। परंतु एक जगह पर होने का अर्थ विश्राम की अवस्था में होना है। इसलिए अपनी उड़ान के एक-एक क्षण में वह विश्राम की अवस्था में होता है। इस प्रकार यह निरंतर विश्राम की अवस्था में होता है। गति असंभव है।"

एकिलीज़ और कछुवेवाला तर्क मूलतः इस प्रकार है। अगर दोनों के बीच दौड़ का मुकाबला हो और कछुवे को दूरी का कुछ लाभ दे दिया जाए तो एकिलीज़ को पहले अपने और कछुवे के बीच की दूरी तय करनी होगी। परंतु इस बीच कछुवा कुछ दूर आगे बढ़ चुका होगा, भले ही यह दूरी कितनी ही मामूली क्यों न हो। इसलिए इस दूसरे चरण में एकिलीज़ की समस्या दोनों के बीच की इस नई दूरी को तय करना होगा, और ऐसा करने के लिए एकिलीज़ को पहले अपने और कछुवे के बीच की नई दूरी तय करनी होगी। इसके लिए पहले उसे इस नई दूरी का प्रथम अर्धभाग तय करना होगा, और जब तक ऐसा करेगा, कछुवा जरा-सा और आगे बढ़ चुका होगा। तीसरे चरण में एकिलीज़ के सामने फिर यही समस्या आएगी। इस तरह एकिलीज़ और कछुवे के बीच की दूरी निश्चित ही कम होती जाएगी, मगर फिर भी उनके बीच कुछ दूरी अवश्य रहेगी, चाहे वह कितनी ही कम होती जाए। यह दूरी कभी भी शून्य नहीं होगी। और इस प्रकार यूनानी पुराणकथाशास्त्र का सबसे तेज दौड़ाक भी प्राणिजगत के सबसे धीमे चलनेवाले प्राणी, यानी कछुवे को पीछे नहीं छोड़ सकता।

लेकिन फिर भी यह तथ्य अपनी जगह है कि हम उड़ते हुए तीर को सचमुच उड़ते देखते हैं, जिस प्रकार एकिलीज़ को दौड़कर कछुवे से आगे बढ़ते देखते हैं। ज़ेनो का तर्क था कि चूंकि जो कुछ हम देखते हैं उसका तार्किक औचित्य सिद्ध नहीं किया जा सकता; इसलिए देखी जानेवाली गति हमारा भ्रम मात्र है।

बाहुल्य और गति, दोनों को इस प्रकार मात्र भ्रम सिद्ध करने के बाद ज़ेनो का विश्वास है कि वास्तविकता मात्र एक तथा किसी भी प्रकार की गति से रहित होनी

चाहिए। इसलिए हमारे सामने जो चीज बची रहती है, वह है सारी गति और सारे बाहुल्य से हीन पार्मेनिदीज़ का शुद्ध सत्। इस प्रकार यह दिखाया गया है कि चूंकि बाहुल्य और गति, दोनों ही अपने आंतरिक अंतर्विरोधों से ग्रस्त हैं, इसलिए वे शुद्ध भ्रम से अधिक कुछ भी नहीं हैं। इस प्रकार हेराक्लाइटस की परिवर्तन या संभवन की धारणा को यथार्थ के दायरे से निकाल बाहर करने का प्रयास किया गया है।

हेराक्लाइटस और एलियावादियों के विचारों के मूलभूत विरोध को इस प्रकार सामने रखा गया है :

"एलियावादियों और हेराक्लाइटस के सिद्धांत एक-दूसरे के पूर्णतम प्रतिपक्ष हैं। अगर हेराक्लाइटस सारे स्थायी अस्तित्व को एक निरपेक्ष प्रवहमान संभवन में बदलकर रख देता है तो पार्मेनिदीज़ सारे संभवन को एक निरपेक्ष स्थायी अस्तित्व में बदल देता है, और इंद्रियां, आंख और कान, जिनको हेराक्लाइटस प्रवहमान संभवन को एक स्थिर सत्ता के रूप में दिखाने का दोषी ठहराता है, उन पर एलियावादी ये आरोप लगाते हैं कि वे गतिहीन सत्ता को संभवन की प्रक्रिया के रूप में दिखाते हैं।"[25]

सत् के एक तथा अविभाज्य होने के पार्मेनिदीज़ के सिद्धांत के समर्थन में ज़ेनो ने *अटैक्स* नामक एक पुस्तक लिखी। उसने इस विरोधी प्रस्थापना का निषेध किया कि वस्तुएं अनेक हैं, और यह दिखाया कि इससे किस प्रकार दो परस्पर-विरोधी निष्कर्ष निकाले जा सकते हैं। उदाहरण के लिए :

> "अगर 'सत्' का कोई आकार नहीं है तो इसका 'होना' भी असंभव है। अगर कोई वस्तु 'है' तो इसका अर्थ यह हुआ कि प्रत्येक (भाग) का कोई आकार और डौल होना चाहिए, और एक की दूसरे से दूरी होनी चाहिए। यही बात अब इसके पूर्ववर्ती भाग के साथ लागू होती है, क्योंकि उसका भी एक आकार होगा, और उसका भी कोई पूर्ववर्ती भाग होना चाहिए। वास्तव में, यही बात हर जगह लागू होती है : समग्र का कोई भी भाग ऐसा नहीं जो बाह्यतम हो, और कोई भी भाग ऐसा नहीं जो किसी अन्य भाग से असंबद्ध हो। इसलिए, अगर वस्तुएं अनेक हैं तो वे छोटी और बड़ी, दोनों होनी चाहिए : इतनी छोटी कि उनका कोई आकार ही न हो, और इतनी बड़ी कि वे अनंत हों।"

(द) यूनानी चिंतन-परंपरा के प्रथम चरण का सारसंक्षेप

जॉर्ज थॉमसन ने आयोनियाई दर्शनशास्त्रियों से लेकर एलियावादियों तक प्राचीन यूनानी चिंतन-परंपरा का एक सारांश भी प्रस्तुत किया है। इसके लिए उन्होंने पहले अरस्तू को उद्धृत किया है और फिर चिंतन-परंपरा के इस विकास की व्याख्या 'विचारधारा और

मुद्रा' की शब्दावली में की है। दार्शनिक विकास की प्रक्रिया में उनकी असाधारण अंतर्दृष्टि के कारण उनका एक लंबा उद्धरण हम यहां प्रस्तुत कर रहे हैं।

अरस्तू ने लिखा है : "अधिकांश आरंभिकतम दर्शनशास्त्रियों ने भौतिक रूपवाले तत्वों को ही वस्तुओं का आरंभ माना है। वह जिससे सभी वस्तुओं को अपनी सत्ता प्राप्त होती है, जिसके कारण वे अस्तित्व में आती हैं और जिसमें वे अंततः समाहित हो जाती हैं, वह जिसका सार दशाओं के परिवर्तन के बावजूद बना रहता है—उसे वे वस्तुओं का आरंभ या मूलतत्व कहते हैं, और इसलिए वे मानते हैं कि वह न तो अस्तित्व में आता है और न ही नष्ट होता है, क्योंकि उसकी प्रकृति, जैसा वर्णन ऊपर किया गया है वैसी होने के नाते, हमेशा ही सुरक्षित रहती है।"[26]

इस पर थॉमसन[27] की टिप्पणी इस प्रकार है :

"अरस्तू ने उनके विचारों का सारसंक्षेप अपने शब्दों में व्यक्त किया है जिसे वे शायद ही स्वीकार करते; फिर भी वह जो कुछ कहता है वह मूलतः सत्य है। जब हम थेल्स से अनाक्सीमिंदर और अनाक्सीमेंस की ओर, और मिलेशसवासियों से पाइथागोरस और हेराक्लाइटस और अंत में पार्मेनिदीज़ की ओर आते हैं, तो हम पाते हैं कि पदार्थ की धारणा क्रमशः कम गुणात्मक और कम मूर्त होती जाती है और अंत में पार्मेनिदीज़ हमारे सामने एक शुद्धतः अमूर्त, अनादि-अनंत और निरपेक्ष सत्ता की धारणा रखता है। पार्मेनिदीज़ का 'एक' 'द्रव्य' (सब्स्टैंस) के विचार को एक निश्चित रूप देने का सबसे पहला प्रयास है; यही वह विचार है जिसे अफलातून और अरस्तू ने विकसित किया, मगर जो केवल आधुनिक काल के बुर्जुवा दर्शनशास्त्रियों के हाथों परिपक्वता तक पहुंचा। इस धारणा का उद्‌गम कहां है ?

"यहां याद रखें कि जिस समाज में ये दर्शनशास्त्री कार्यरत थे उसकी विशेषता मौद्रिक अर्थव्यवस्था का तीव्र विकास था, और इसलिए आइए, हम मालों के बारे में मार्क्स के विश्लेषण पर निगाह डालें :

" 'इसलिए अगर हम मालों के उपयोग-मूल्यों को विचार में न लाएं तो उनमें केवल एक विशेषता शेष रहती है कि वे सभी श्रम की पैदावार हैं। पर श्रम की पैदावार भी हमारे हाथों में आकर परिवर्तित हो जाती है। अगर हम उसके उपयोग-मूल्य से हटकर उसका अमूर्तीकरण करते हैं तो साथ ही साथ उन भौतिक तत्वों और आकार-प्रकारों से भी हटकर उसका अमूर्तीकरण करते हैं जो उसको एक उपयोग-मूल्य प्रदान करते हैं। अब हम इसे मेज, मकान, धागा या कोई और उपयोगी वस्तु नहीं मानते। एक भौतिक वस्तु के रूप में उसका अस्तित्व निगाह से ओझल हो जाता है। अब इसे बढ़ई, राजगीर, बुनकर के श्रम या किसी और निश्चित प्रकार के उत्पादक श्रम की पैदावार नहीं माना जा सकता। स्वयं पैदावारों के उपयोगी गुणों के साथ-साथ हम उनमें निहित विभिन्न प्रकार के श्रम के उपयोगी चरित्र को और उस श्रम के ठोस रूपों को भी निगाहों से ओझल कर देते हैं। फिर उनमें जो कुछ साझा है उसके सिवा कुछ भी बाकी नहीं रहता;

वे सभी एक और एक ही तरह के श्रम, अमूर्त मानव-श्रम में बदलकर रह जाती हैं।

" 'जब माल मुद्रा का रूप ले लेते हैं तो समांग मानव-श्रम के एकरस, सामाजिक रूप से मान्यताप्राप्त रूप में अपने को रूपांतरित करने के लिए वे अपने स्वाभाविक उपयोग-मूल्य की, और जिस विशेष प्रकार के श्रम से वे अस्तित्व में आते हैं उसकी, प्रत्येक पहचान भी त्याग देते हैं।'

"अपने ग्रंथ *कैपिटल* में मार्क्स ने पहली बार माल नाम की इन रहस्यमय वस्तुओं का वैज्ञानिक विश्लेषण प्रस्तुत किया। एक माल एक भौतिक वस्तु होता है; केवल अन्य मालों के साथ अपने सामाजिक संबंधों के कारण ही वह एक माल बनता है। माल के रूप में उसका अस्तित्व शुद्धतः एक अमूर्त वास्तविकता होता है। साथ ही वह, जैसाकि हमने देखा है, सभ्यता की विशिष्ट पहचान भी होता है जिसकी परिभाषा हमने उस चरण के रूप में की है जब मालों का उत्पादन 'पूर्ण रूप से विकसित होता है।' इस कारण सभ्य चिंतन-प्रणाली पर प्राचीनकाल से लेकर आज तक उस चीज का वर्चस्व रहा है जिसे मार्क्स ने 'मालों की जड़पूजा' (फेटिशिज़्म आफ कमोडिटीज़) अर्थात् 'छद्म चेतना' (फाल्स कांशसनेस) का नाम दिया है। आरंभिक यूनानी दर्शनशास्त्र में हम इस 'छद्म चेतना' का धीरे-धीरे उदय होते तथा मालों के उत्पादन से जन्म लेनेवाले विश्व-चिंतन के प्रवर्गों (कैटेगरीज़ आफ थॉट) पर हावी होते देखते हैं, गोया कि ये प्रवर्ग समाज से नहीं, बल्कि प्रकृति से संबंध रखते हों। पार्मेनिदीज़ के 'एक', और साथ में आगे चलकर विकसित होनेवाले 'द्रव्य' के विचार को इस कारण विनिमय-मूल्य के द्रव्य का प्रतिबिंब या प्रक्षेप कहा जा सकता है।

"इस निष्कर्ष को प्रस्थापित करने के लिए आधुनिक और साथ ही प्राचीन दर्शनशास्त्र की कुछ मूलभूत समस्याओं पर व्यवस्थित ढंग से विचार करना आवश्यक होगा, मगर यहां यह कार्य नहीं किया जा सकता। यही कारण है कि हमने इसे तदर्थ कहा है। फिर भी मैं समझता हूं कि मूल्य के मौद्रिक रूप का दर्शनशास्त्र के पूरे इतिहास में केंद्रीय महत्व है, इसका संकेत देने के लिए काफी कुछ कहा जा चुका है।"

विज्ञान और विचारवाद : एम्पेदोक्लीज़

ऊपर जिस 'छद्म चेतना' का उल्लेख किया गया है वह अफलातून के दर्शनशास्त्र में अपने उत्कर्ष पर पहुंची। यह दर्शनशास्त्र, जैसाकि हम आगे देखेंगे, एक अर्थ में वह दर्शनशास्त्र था जो गंभीर दर्शन को समाप्त करके मिथक-निर्माण की प्रक्रिया को दोबारा लाना चाहता था, और यह सब अफलातून की बेपनाह निजी प्रतिभा के बावजूद था। मगर इस पर आने से पहले हमें प्राचीन यूनान के कुछ उन दर्शनशास्त्रियों के बारे में जानना होगा, जिन्होंने दर्शनशास्त्र को उस संकट से मुक्त कराना चाहा जो भौतिक जगत की समृद्ध बहुलता और गति से हीन, शुद्ध सत्ता को स्वीकार कराने के लिए प्रेक्षण के साक्ष्य तथा साथ में भौतिक जगत की यथार्थता से ही इनकार करने के एलियावादी उत्साह के कारण पैदा हो गया था। विश्व की वैज्ञानिक समझ के समर्थन में अब जो लोग सामने आए, वे मुख्यतः ल्यूसिप्पस और देमोक्राइटस थे जो एक परमाणुवादी परिकल्पना का विकास करना चाहते थे। फिर भी एक दर्शनशास्त्री ऐसा था जिसने परमाणुवाद के विकास के लिए रास्ता साफ किया। यह था राजनीतिज्ञ और वक्ता, भौतिक विज्ञानी और चिकित्सक एम्पेदोक्लीज़ जिसे प्राचीन यूनानी कभी-कभी एक पैगंबर तक मान लेते थे, और जिसके बारे में माना जाता है कि वह पांचवीं सदी ईसा-पूर्व के मध्य में कार्यरत था। ऐसा नहीं कि उसने एलियावादियों के तर्कों का सीधे-सीधे खंडन करने की कोशिश की हो, फिर भी उसने उनके परिणामों से किसी तरह बचने की कोशिश की, तथा एलियावादियों से पहले की परंपरा की ओर लौटने और इसके लिए इंद्रिय-प्रत्यक्ष की वैधता को स्थापित करने, बल्कि प्रायोगिक प्रदर्शन की विधि तक को अपनाने की हिम्मत दिखाई। ''ज्ञान के भंडार में उसका महान योगदान था—अदृश्य वायु की कायिकता का प्रायोगिक प्रदर्शन। उसके पहले हवा को शून्य से अलग कोई वस्तु नहीं माना जाता था। पदार्थ के चार मान्य रूप पृथ्वी, वायु, अग्नि और जल न होकर पृथ्वी, धुंध (मिस्ट), अग्नि और जल थे।''[28] एम्पेदोक्लीज़ ने धुंध की जगह वायु को स्थापित किया तथा उसकी भौतिक वास्तविकता का प्रायोगिक प्रदर्शन तक किया। इसके लिए उसने जिस प्रयोग की रूपरेखा तैयार की, यूनानी चिंतन-प्रणाली में उसका महान महत्व है। फैरिंगटन[29] ने उसका वर्णन इस प्रकार किया है :

"यूनानियों के पास एक जलघड़ी होती थी जो मूलतः एक खोखला बेलन होता था। इसका एक सिरा खुला होता था और दूसरा सिरा एक शंक्वाकार बर्तन से जुड़ा होता था जिसमें सिरे पर एक छोटा-सा छेद होता था। इस जलघड़ी का उपयोग समय मापने के लिए किया जाता था। इसके लिए उसमें जल भर दिया जाता था और फिर उसे शंक्वाकार बर्तन के छेद से निकलने दिया जाता था। रेतघड़ी की रेत की तरह इसमें भी पानी निश्चित समयांतर से निकलता रहता था। एम्पेदोक्लीज़ ने दिखाया कि अगर शंक्वाकार बर्तन के सिरे पर स्थित छेद पर उंगली रखे हुए जलघड़ी के खुले मुंह को पानी में डुबोया जाए तो उसमें बंद हवा पानी को जलघड़ी में जाने से रोक देती थी। इसके विपरीत अगर छेद पर उंगली रखे रहा जाए तो पूरी घड़ी को उल्टा कर देने पर भी पानी नहीं निकल सकता था। कारण कि हवा का दबाव पानी को अंदर ही रोके रखता था। इन प्रयोगों के द्वारा उसने दिखाया कि वास्तव में अदृश्य हवा कोई ऐसी वस्तु है जो स्थान घेरती है और दबाव डालती है।"

निःसंदेह, एम्पेदोक्लीज़ ने चार तत्वों के अलावा प्रेम और घृणा की शक्तियों की बात की, जो विश्व को बहुलतापूर्ण बनाने का काम करती हैं। पर इनको अर्धमिथकीय शक्तियां माना गया, और इन धारणाओं के लिए एम्पेदोक्लीज़ शायद ही कोई महत्व पाने का अधिकारी हो। पर वायु के अदृश्य होने के बावजूद उसके भौतिक पदार्थ होने का प्रदर्शन यूनानी चिंतन-परंपरा में एक महत्वपूर्ण कदम था। इससे पहली बार यह सिद्ध हुआ कि पदार्थ का दृश्यमान होना आवश्यक नहीं है। इसके कारण ही परमाणुवादी परिकल्पना का आधार तैयार हुआ। जिन परमाणुओं को पदार्थ की अंतिम इकाइयां माना गया, बहरहाल वे अदृश्य ही थे।

एम्पेदोक्लीज़ ने *आन नेचर* और *प्योरीफिकेशंस* नामक दो काव्यग्रंथ लिखे। इनके कुछ अंश जो आज उपलब्ध हैं, नीचे दिए जा रहे हैं :

> "(तत्व) : असृजित।"
>
> "और अब मैं तुझे एक बात और बतलाता हूं : किसी भी मर्त्य अस्तित्व के रूप में द्रव्य का कोई सृजन नहीं होता, और न ही किसी त्याज्य मृत्यु के रूप में उसका अंत होता है, बल्कि केवल उसका सम्मिश्रण और जो सम्मिश्रित किया गया है उसका आदान-प्रदान होता है; और उनको मानवजाति द्वारा 'द्रव्य' (**फुसिस**, 'प्रकृति') का नाम दिया गया है।"
>
> "जिसका अस्तित्व नहीं है उससे किसी वस्तु का अस्तित्व में आना असंभव है, और अस्तित्व से पूरी तरह नष्ट हो सकना ऐसा नहीं जो किया या सोचा जा सके; क्योंकि उसका अस्तित्व हमेशा रहेगा, उसे किसी समय कोई कहीं भी रख दे।"
>
> "न ही समग्र का कोई ऐसा भाग है जो शून्य हो या आवश्यकता से अधिक भरा हुआ हो।"

"मैं एक दोहरी (प्रक्रिया) की बात कहता हूं : एक समय इसमें इतनी वृद्धि हुई कि वह 'अनेक' से 'एक' हो गया, और किसी अन्य समय में वह इतना बिखरा कि 'एक' से 'अनेक' हो गया ..."

"... अंत तक वाद-विवाद का कोई रास्ता न अपनाते हुए, एक शिखर के बाद दूसरे शिखर को छूते हुए ..."

परमाणुवादी दर्शनशास्त्री

जब एम्पेदोक्लीज़ के प्रयोग से यह सिद्ध हो गया कि प्रकृति अदृश्य वस्तुओं के माध्यम से कार्यरत होती है तो उसका परमाणुवादियों की परिकल्पना पर एक महान दार्शनिक प्रभाव पड़ा, क्योंकि परमाणु भी इतने सूक्ष्म होते हैं कि प्रत्यक्षतः देखे नहीं जा सकते। परमाणुवादी परिकल्पना के संस्थापक ल्यूसिप्पस और देमोक्राइटस थे। उनके जीवन के विषय में हमारा ज्ञान बहुत कम है। परंतु आमतौर पर माना जाता है कि ल्यूसिप्पस का जन्म 440 ईसा-पूर्व के आसपास हुआ था और वह मिलेशस का रहनेवाला था। देमोक्राइटस का जन्म 460 ईसा-पूर्व के आसपास अब्देरा नामक एक आयोनियाई बस्ती में हुआ था। इस तरह ये दोनों ही दर्शनशास्त्री आयोनिया की प्राचीन भौतिकवादी परंपरा से जुड़े हुए थे। वास्तविकता यह है कि आयोनियाई भौतिकवाद इन परमाणुवादियों के दर्शनशास्त्र में अपने उत्कर्ष पर पहुंचा।

हालांकि परमाणुवादियों की अपनी कृतियां आज शेष नहीं हैं, फिर भी मुख्यतः दूसरों के वक्तव्यों के आधार पर उनके सिद्धांत को इस प्रकार रखा जा सकता है। 'परमाणु' (एटम) का शाब्दिक अर्थ है—वह, जिसके टुकड़े न हो सकें, यानी जो अंतिम रूप से अविभाज्य हो। इस तरह यह विचार इस प्रकार का रहा होगा कि यदि हम भौतिक वस्तुओं को अधिकाधिक छोटे भागों में विभाजित करते जाएं तो तार्किक रूप से एक ऐसे बिंदु पर पहुंचेंगे कि हम उन्हें और भी छोटे भागों में विभाजित नहीं कर सकते। इस प्रकार पदार्थ की जो लघुतम इकाई प्राप्त होती है, वही परमाणु है। विश्व की हरेक वस्तु अंततः ऐसे ही सूक्ष्म कणों से बनी है।

इन अविभाज्य और सूक्ष्म कणों के साथ-साथ परमाणुवादियों को संयोजन और शून्य की परिकल्पना भी करनी पड़ी। परमाणु अगर परमाणु हैं तो उन्हें परस्पर संयुक्त और वियुक्त होते भी मानना होगा। इसलिए ऐसी कोई वस्तु होनी चाहिए जो स्वभाव में उनके विपरीत हो, क्योंकि केवल वही वस्तु उनका संयोजन और वियोजन करा सकती है। यही उनकी शून्य या रिक्त स्थान की धारणा थी। फिर भी अगर हम रिक्त स्थान में मात्र परस्पर अलग-अलग परमाणुओं की कल्पना करें तो उनके संयोग से विश्व की विभाज्य (या अविभाज्य ???) वस्तुओं के निर्माण की व्याख्या नहीं की जा सकती।

इसलिए परमाणुवादियों को परमाणुओं की गतिविधियों की एक व्याख्या भी प्रस्तुत करनी पड़ी, जिसके द्वारा वे संयुक्त होकर गोचर वस्तुएं बना सकें। यही अनिवार्यता का सिद्धांत था।

खासकर जॉन डाल्टन द्वारा आधुनिक विज्ञान में परमाणु-सिद्धांत के पुनर्जीवित किए जाने के बाद प्राचीन यूनानियों के परमाणुवाद में नए सिरे से बहुत दिलचस्पी पैदा हुई है। यह दिलचस्पी गलत नहीं है, हालांकि इसे गलत रूप में भी नहीं समझा जाना चाहिए। इस बात को स्पष्ट करने के लिए हम फैरिंगटन[30] को उद्धृत कर रहे हैं :

"आधुनिक काल में इस सिद्धांत को पुनर्जीवित किया गया है, और देमोक्राइटस तथा डाल्टन के सिद्धांतों में जितनी अधिक समानता है उसे देखते हुए इस प्राचीन परिकल्पना को बाद के प्रायोगिक विज्ञान के निष्कर्षों का एक आश्चर्यजनक पूर्वाभास कहा जाता है। हालांकि प्राचीन और आधुनिक परमाणुवाद के संबंध को गलत रूप में समझे जाने की संभावना है, फिर भी यह बात सही है। कॉर्नफोर्ड (*बिफोर एंड आफ्टर सॉक्रेटीज़,* पृ. 25) ने लिखा है कि 'परमाणुवाद एक शानदार परिकल्पना था। आधुनिक विज्ञान द्वारा पुनर्जीवित किए जाने के बाद इसने रसायन विज्ञान और भौतिक विज्ञान में अत्यंत महत्वपूर्ण आविष्कारों को जन्म दिया है।' निश्चित ही, यह बाप से पहले बेटे को पैदा बतलाने के समान है। इसे इस प्रकार पढ़ा जाना चाहिए : 'परमाणुवाद एक शानदार परिकल्पना था; आधुनिक रसायन विज्ञान के महत्वपूर्ण आविष्कारों के कारण इसका पुनर्जन्म हुआ।' उन्नीसवीं सदी के पहले दशक में डाल्टन द्वारा परमाणु-सिद्धांत के प्रतिपादन के पीछे अनुसंधानों की जो लंबी शृंखला थी, उसमें देमोक्राइटस की परिकल्पना की कोई भूमिका न थी। देमोक्राइटस के परमाणुवाद की सच्ची महिमा इसमें है कि उसने अपने काल की समस्याओं के लिए किसी भी तत्कालीन सिद्धांत की अपेक्षा बेहतर समाधान प्रस्तुत किए। सृष्टि की प्रकृति के बारे में बुद्धिसंगत चिंतन का जो आंदोलन प्राचीनकाल में थेल्स ने आरंभ किया था, यह उसका उत्कर्ष था। तकनीकी और प्राकृतिक प्रक्रियाओं का इंद्रियों द्वारा, बिना किसी बाहरी सहायता के, प्रेक्षण तथा उपरोक्त वर्णित प्रकार के कुछेक प्रायोगिक प्रदर्शन, ये ही उसके तथ्यगत आधार थे। इसका सैद्धांतिक महत्व इसमें है कि किसी भी अन्य प्राचीन प्रणाली की अपेक्षा इसने इनके परिणामों को बेहतर ढंग से एक तार्किक व्यवस्था में बांधा। चिंतन की पूरी प्राचीन प्रणाली की पुनर्स्थापना की आवश्यकता तब तक नहीं पड़ी जब तक कि तकनीक के विकास ने मनुष्य के हाथों में छानबीन के वे उपकरण नहीं थमा दिए, जिन्होंने उसके इंद्रिय-प्रत्यक्ष के क्षेत्र को और उसकी सटीकता को बेपनाह बढ़ा दिया। प्राचीन विज्ञान ने स्पष्ट रूप से इस तथ्य को स्थापित किया था कि प्रकृति अदृश्य वस्तुओं के माध्यम से कार्य करती है। इसी अदृश्य को देखने के लिए आधुनिक विज्ञान ने उत्तरोत्तर श्रेष्ठ विधियां विकसित की हैं।"

ल्यूसिप्पस और देमोक्राइटस की रचनाओं के बहुत थोड़े-से प्रामाणिक अंश बचे हैं।

हमारे पास तो दूसरे लेखकों द्वारा उनके विचारों के प्रत्यक्ष या अप्रत्यक्ष उल्लेख ही शेष हैं। इनमें से कुछ नीचे दिए जा रहे हैं :

"हर बात अनिवार्यता के अनुसार घटित होती है, क्योंकि हर वस्तु के अस्तित्व में आने का कारण वह चक्र है जिसे हम अनिवार्यता कहते हैं।"

"(अनिवार्यता की प्रकृति के बारे में :) इससे देमोक्राइटस का अभिप्राय पदार्थ का प्रतिरोध और गति और प्रवाह से है।"

"कुछ लोग हैं जो संयोग को आकाशों और सारे विश्वों, दोनों का कारण बतलाते हैं, क्योंकि संयोग ही मूल है उस चक्र और गति का जिसने अलगाव की प्रक्रिया के द्वारा सृष्टि की वर्तमान व्यवस्था को जन्म दिया है।"

"यदृच्छ ढंग से कुछ भी घटित नहीं होता, बल्कि हर वस्तु का एक कारण और उसकी एक अनिवार्यता होती है।"

"प्राणियों के बारे में (उसने कहा कि वे) अपने ही जैसे के साथ गति करते हैं,—कबूतर कबूतर के साथ उड़ते हैं, सारस सारस के साथ, इत्यादि। और यही बात अ-जीव वस्तुओं के साथ होती है, जैसाकि छलनी में दानों और समुद्र-तट पर बिल्लौर के सिलसिले में देखा जा सकता है।"

"जब देमोक्राइटस यह कहता है कि 'सभी आकार-प्रकारोंवाला एक चक्र समग्र से अलग हो गया' (और यह नहीं बतलाता कि कैसे और किस कारण से) तो लगता है कि वह इसे 'अकस्मात्' या संयोग से जनित बतलाता है।"

"सूर्य और चंद्रमा के ग्रहण पृथ्वी के दक्षिण की ओर झुकने के कारण होते हैं; उत्तर की ओर के क्षेत्र हमेशा बर्फ से ढंके होते हैं और वे बहुत ठंडे और जमे हुए होते हैं।"

"फिर भी देमोक्राइटस कहता है कि सभी अलग-अलग वस्तुएं अपने (डील-डौल की) अधिकता के अनुपात में भारी होती हैं।"

"देमोक्राइटस आकार के आधार पर भारी और हल्के में भेद करता है ··· फिर भी यौगिक वस्तुओं में हल्का वह होता है जिसमें रिक्त स्थान अधिक होता है और भारी वह होता है जिसमें यह कम होता है। कभी-कभी वह इसे इस रूप में व्यक्त करता है, पर एक अन्य स्थान पर वह मात्र यह कहता है कि सूक्ष्म हल्का होता है।"

"देमोक्राइटस (परमाणुओं के गुण) दो बतलाता है—आकार और रूपरेखा, लेकिन एपिक्यूरस ने इसमें एक तीसरा गुण—भार—भी जोड़ा है ··· देमोक्राइटस कहता है कि प्राथमिक वस्तुओं (अर्थात् परमाणुओं) का कोई भार नहीं होता, पर वे एक-दूसरे से टकराने के फलस्वरूप अनंत में

गतिमान होती हैं।''

''देमोक्राइटस के संप्रदाय का मत है कि हर वस्तु का भार होता है, पर चूंकि आग का भार कम होता है इसलिए उसे अधिक भारवाली वस्तुएं बाहर फेंकती हैं, वह ऊपर उठती है और फलस्वरूप हल्की दिखाई देती है।''

''इसलिए ल्यूसिप्पस और देमोक्राइटस अगर यह कहते हैं कि उनकी प्राथमिक वस्तुएं अनंत शून्य में हमेशा गतिमान रहती हैं, तो उन्हें यह बतलाना चाहिए कि वह किस प्रकार की गति है, उनकी स्वाभाविक गति क्या है।''

''वे पहले वर्णित आपसी असमानताओं तथा अन्य भेदों के कारण टकराते और शून्य में गति करते हैं, और जब वे गति करते हैं तो आपस में टकराते और एक-दूसरे से गुंथ जाते हैं।''

''कारण कि उनका (ल्यूसिप्पस और देमोक्राइटस का) कथन है कि उनकी प्राथमिक वस्तुएं संख्या में अनंत और प्रसार में अविभाज्य हैं, एक से अनेक या अनेक से एक का जन्म नहीं होता, बल्कि सभी वस्तुओं का जन्म इन प्राथमिक वस्तुओं के आपसी संयोजन और वियोजन से होता है।''

''कारण कि उनका (ल्यूसिप्पस और देमोक्राइटस का) कथन है कि परमाणु आपसी घात-प्रतिघात के कारण गति करते हैं।''

''देमोक्राइटस का कथन था कि गति केवल एक प्रकार की होती है—कंपन के कारण होनेवाली गति।''

''जब वे (अर्थात् परमाणु) गति करते हैं तो आपस में टकराते और इस प्रकार गुंथ जाते हैं कि एक-दूसरे के घनिष्ठ संपर्क में आ जाते हैं, पर इस प्रकार नहीं कि मिलकर एक वस्तु बना लें, चाहे वह किसी भी प्रकार की क्यों न हो, क्योंकि यह मान लेना बहुत भोलापन होगा कि दो या दो से अधिक मिलकर एक भी बन सकते हैं। वह कुछ क्षणों तक परमाणुओं के एक साथ टिके रहने का जो कारण बतलाता है, वह प्राथमिक वस्तुओं का आपसी संयोजन और पारस्परिक खिंचाव है, कारण कि कुछ कोणीय होते हैं, कुछ कांटेदार, कुछ अवतल, कुछ उत्तल होते हैं, बल्कि उनमें अनगिनत दूसरे अंतर होते हैं। इसलिए वह मानता है कि वे आपस में गुंथकर उस समय तक साथ रहते हैं जब तक कि कोई और भी बलवती अनिवार्यता आसपास से उभरकर उनको नहीं झकझोरती और अलग-अलग नहीं करती।''

''... ये परमाणु एक-दूसरे से अलग तथा आकार-प्रकार, स्थिति और

व्यवस्था में अलग-अलग, शून्य में गति करते हैं; वे एक-दूसरे के पास से गुजरते हुए आपस में टकराते हैं, और कुछ कंपन करते हुए किसी भी दिशा में चले जाते हैं, जबकि दूसरे अपने आकार-प्रकारों, स्थितियों और व्यवस्थाओं की समरूपता के अनुसार आपस में गुंथकर साथ-साथ रहते हैं और इस प्रकार यौगिक वस्तुओं के अस्तित्व में आने का कारण बनते हैं।''

''देमोक्राइटस का कहना है कि गोलीय आकार सबसे अधिक गतिशील आकार है, तथा मन और अग्नि भी इसी प्रकार के होते हैं।''

अनेक्सागोरस : पहला विचारवादी दर्शनशास्त्री

अनेक्सागोरस, जिसका जन्म 500 ईसा-पूर्व के आसपास हुआ था, ईरानी युद्ध के फौरन बाद एथेंस में जा बसा और काफी समय तक वहीं रहता रहा। मगर अंत में उस पर ईश्वरद्रोही विचारों का आरोप लगाया गया, जिसके कारण वह भागकर लंपूस्कस में जा बसा और वहीं उसकी मृत्यु हुई। ''वही व्यक्ति था जिसने एथेंस में दर्शनशास्त्र का वृक्षारोपण किया और उसके बाद एथेंस यूनानी संस्कृति का गढ़ बन गया।''[31] उसने *आन नेचर* नामक पुस्तक लिखी जिसका व्यापक प्रचार हुआ। हेगेल ने उसे शराबियों के बीच पहला संजीदा इंसान बतलाया है, क्योंकि स्वयं भी एक विचारवादी दर्शनशास्त्री होने के नाते हेगेल 'मन' के सिद्धांत का सर्वप्रथम प्रतिपादन करनेवाले अनेक्सागोरस का घोर प्रशंसक था। इसी तरह दर्शनशास्त्र के हेगेलवादी इतिहासकार भी उसके बहुत उत्साही प्रशंसक हैं। कारण, अनेक्सागोरस के अनुसार मन नामक इस मूलतत्व ने ही वस्तुओं के आदिम तत्वों, जिन्हें उसने अग्नि, वायु, पृथ्वी और जल कहा है, में सुव्यवस्था स्थापित की है।

आदिम तत्वों के इस ढेर में मन ने ही गति उत्पन्न की है। परंतु मनोगत के तत्व का यह समावेश हेगेलवादी इतिहासकारों को पूरी तरह संतुष्ट नहीं कर सकता—खासकर इसलिए कि इसे मूलभूत तत्व न मानकर बाह्य तत्व माना गया है। हेगेल के विचारवादी दृष्टिकोण से उसके दर्शनशास्त्र का एक सामान्य मूल्यांकन नीचे दिया जा रहा है।

''हेगेल ने इस मेधा को स्वतःस्फूर्त ढंग से सक्रिय, अन्य वस्तुओं से अयुक्त, हर प्रकार की गति का आधार पर स्वयं गतिहीन, हर जगह सक्रिय रूप से उपस्थित और सभी वस्तुओं से सूक्ष्मतर और शुद्धतर माना है। अगर फिर भी ये विधेय अंशतः भौतिक सादृश्य पर आधारित हैं, और शुद्ध अपदार्थता का संकेत नहीं देते, तो भी, दूसरी ओर, अनेक्सागोरस ने मन के जो चिंतन और उद्देश्यपूर्ण सचेत क्रिया के अभिलक्षण (ऐट्रीब्यूट्स) माने हैं, वे उसके सिद्धांत के अन्यथा विचारवादी चरित्र में कोई शंका नहीं रहने देते। फिर भी वह अपने प्रमुख विचार को मात्र उद्घोषित करके रह जाता है, और उसे पूर्णता

की सीमा तक नहीं पहुंचाता। इसका कारण उसके सिद्धांत के उद्गम में और उसकी वंशानुगत (जेनेटिक) पूर्वमान्यताओं में निहित है। वह केवल एक गतिमान और साथ ही उद्देश्यपूर्ण गतिविधि से युक्त कारण की आवश्यकता के कारण ही एक अभौतिक तत्व के विचार तक पहुंचा। इसलिए अपने सीमित अर्थों में उसका 'मन' केवल पदार्थ को गतिमान करनेवाला तत्व है : इस प्रकार्य के साथ उसके तमाम गुणों का लगभग पूरी तरह समापन हो जाता है। प्राचीन दर्शनशास्त्रियों (खासकर अफलातून और अरस्तू) ने उसके सिद्धांत के यांत्रिक चरित्र की एकमत से जो शिकायतें की हैं, उसका कारण यही है। अफलातून के *फ़ेइदो* में सुकरात कहता है कि मात्र सामयिक या द्वितीयक कारणों से हटकर अंतिम कारण का चिंतन करते समय उसने खुद अनेक्सागोरस की कृति का उपयोग किया, परंतु अस्तित्व की सचमुच कोई प्रयोजनवादी (टेलियोलाजिकल) व्याख्या तक पहुंचने के बजाय उसे हर जगह मात्र एक यांत्रिक कारण ही कार्यरत दिखाई पड़ा।"[32]

कुछ भी हो, अनेक्सागोरस के साथ यूनानी दर्शनशास्त्र के प्रथम चरण का अंत हो जाता है। इसका कारण अंशतः मनोगत—मन—के सिद्धांत की विजय था, और अंशतः एथेंस में दार्शनिक गतिविधियों का वृक्षारोपण भी। मगर ये दोनों बातें परस्पर संबंधित हैं। जब एथेंस में दास-प्रथा का पूर्ण विकास हुआ तो दर्शनशास्त्र वहां के कुलीनवर्ग का एक मनबहलावा हो गया और प्रकृति की जांच-पड़ताल का काम श्रमजीवी वर्ग के हवाले करके यह वर्ग खुद मुख्यतः शुद्ध बुद्धि की ऊंची उड़ान या शुद्ध कल्पना के मजे लेने लगा। इसी के साथ, दार्शनिक चिंतन का एक उद्देश्य यथास्थिति को बनाए रखना भी था।

इन सभी प्रवृत्तियों का चरमोत्कर्ष अफलातून का दर्शनशास्त्र था, जिसके बारे में महान विचारक, एक ही प्रवृत्ति को चेतन या अचेतन रूप से अपनाते हुए, असीम प्रशंसा का रुख अपनाते हैं। निश्चित ही, यह कहने का अर्थ अफलातून की निजी प्रतिभा से इनकार करना या उसका मखौल उड़ाना नहीं है। फिर भी आगे हम यह देखेंगे कि ऐसे महान दर्शनशास्त्री के विचार भला क्योंकर एक ऐसी दिशा में विकसित हुए जो दर्शनशास्त्र और मानव-प्रकृति, दोनों के लिए घातक सिद्ध हुई। पर यह सब बाद की बातें हैं। अफलातून तक आने से पहले हमें सोफीवादियों के बेमेल उद्गारों पर और सुकरात की उस महान नैतिक गरिमा पर विचार करना होगा, जिसे स्वयं अपनी धमनियों तक भ्रष्ट हो चुका एथेनी समाज बर्दाश्त न कर सका।

अनेक्सागोरस ने केवल एक पुस्तक लिखी थी, जो एथेंस में एक द्राश्मा की एक के भाव बिकती थी। उसकी इस कृति *आन नेचुरल साइंस* के कुछ उद्धरण नीचे दिए जा रहे हैं :

> "सभी वस्तुएं (**क्रेमेटा**) परस्पर साथ-साथ थीं, और वे अपनी संख्या तथा लघुता में अनंत थीं क्योंकि लघु भी अनंत था। पर चूंकि वे सभी साथ-साथ

थीं, इसलिए अपनी लघुता के कारण कुछ भी विशिष्ट दिखाई नहीं पड़ता था। कारण कि वायु और ईथर, दोनों ही अनंत के कारण सभी वस्तुओं पर छाई हुई थीं। कारण कि यही दोनों संख्या और आकार, दोनों में कुल सम्मिश्रण में सबसे महत्वपूर्ण (तत्व) थे।''

''कारण कि लघु में कुछ भी न्यूनतम नहीं होता, बल्कि न्यूनतर मात्र होता है, क्योंकि सत् का असत् होना असंभव है; और दीर्घ में हमेशा ही एक दीर्घतर भी होता है। और संख्या में यह लघु के बराबर है, परंतु हर वस्तु अपने नज़दीक दीर्घ और लघु, दोनों होती है।''

सोफीवादी दर्शनशास्त्री

अनेक्सागोरस द्वारा समावेशित मनोगत का सिद्धांत कुछ इस तरह विकसित हुआ कि वस्तुगत सत्य की किसी भी संभावना के पूरी तरह नष्ट किए जाने की बातें की जाने लगीं। "सभी वस्तुओं के प्रवहमान होने के हेराक्लाइटस के सिद्धांत तथा गोचर विश्व के विरुद्ध ज़ेनो के तर्कों ने सारे स्थायी और वस्तुगत सत्य पर संदेहयुक्त प्रश्नचिह्न खड़े करने की संभावनाएं पैदा कीं, और अनेक्सागोरस के 'मन' में भी विचार एक उच्चतर तत्व के रूप में वस्तुगत के विरोध में खड़ा है। इस नवनिर्मित आधार पर सोफीवादियों ने बचकाने उद्‌गारों का मजा ले-लेकर मनोगत की शक्ति का उपयोग करना आरंभ किया, और मनोगत तर्क-प्रणाली का सहारा लेकर जो कुछ अब तक वस्तुगत रूप से स्थापित था उसे नष्ट करना आरंभ कर दिया। हर अलग-अलग कर्त्ता अब वस्तुगत विश्व के मुकाबले, और खासकर राज्य के नियमों के खिलाफ, विरासत में मिले रीति-रिवाज, धार्मिक सिद्धांत, लोक-विश्वास के मुकाबले, अपने-आपको एक उच्चतर सत्ता और वैधता के रूप में देखने लगा ..."[33]

सिद्धांत-स्तर पर, सोफीवादियों ने सार्वजनिक और निजी रूप से अपने काल के सीमाहीन अहमूवाद को अभिव्यक्त किया। जैसाकि श्वेगलर ने आगे कहा है : "सार्वजनिक जीवन अब आवेग और स्वार्थ-सिद्धि का मैदान बन गया। पेलोपोनेसियाई युद्ध के दौरान एथेंस को आंदोलित करनेवाले दलगत संघर्षों ने भौतिक भावना को कुंद और अवरुद्ध कर दिया था। हर व्यक्ति अब अपने निजी हितों को राज्य के और सार्वजनिक कल्याण के हितों से ऊपर समझने लगा था, और स्वेच्छा तथा आत्मलाभ में अपने क्रियाकलाप के मानदंड तथा अपने मार्गदर्शन के सिद्धांत की तलाश करने लगा था। प्रोतेगोरस की यह सूक्ति कि 'मनुष्य तमाम वस्तुओं का मानदंड है', व्यवहार में पूरी तरह अपनाई जाने लगी थी, जबकि जनसभाओं और निर्णय-कार्य पर भाषण-कला के प्रभाव, जनता और उनके नेताओं के भ्रष्टाचार, तथा कामुकता, दंभ और दलगत भावना के कारण सयाने लोगों के सामने आनेवाले कमजोर पहलू—ये सब इस सूक्ति के व्यवहार के लिए पर्याप्त अवसर प्रदान कर रहे थे।"[34]

(अ) प्रोतेगोरस

कहा जाता है कि पहला महत्वपूर्ण सोफीवादी दर्शनशास्त्री प्रोतेगोरस था, जो 440 ईसा-पूर्व के आसपास कार्यरत था। वह सिसली और एथेंस में स्वयं को एक अध्यापक बतलाता था और पहला दर्शनशास्त्री था जिसने अध्यापन-कार्य के लिए भुगतान की खुलकर मांग की थी। उसकी शिक्षाओं की प्रमुख बात यह थी कि निजी संवेदन से बाहर कोई और विश्व नहीं है, और इसी तरह व्यावहारिक जीवन में निजी लाभ के अलावा किसी भी बात का कोई महत्व नहीं है। उसने मान्य देवताओं के प्रति भी कोई श्रद्धा व्यक्त नहीं की और सरेआम यह घोषणा की थी : "जहां तक देवताओं का सवाल है, मैं यह जान पाने में असमर्थ हूं कि उनका अस्तित्व है कि नहीं है : कारण कि कर्त्ता के दृष्टिदोष से लेकर मानव-जीवन की क्षणिकता तक अनेक बातें ऐसी हैं जो हमें यह सब जान पाने से वंचित रखती हैं।"[35] फलस्वरूप, देवताओं संबंधी उसकी पुस्तक खुलेआम जला दी गई।

प्रोतेगोरस दो पुस्तकों का लेखक था—*ट्रुथ* (जिसे *रिफ्यूट्रेरी आग्यूमिंट्स* या *आन बीइंग* भी कहा जाता है) और *आन दि गॉड्स*। इनके कुछ शेष बचे अंश यहां दिए जा रहे हैं :

> "मनुष्य सभी वस्तुओं का मानदंड है—उन सबका जो हैं और जो कुछ हैं, और उन सबका भी जो नहीं हैं और जो कुछ वे नहीं हैं।"
>
> "अभ्यास के बिना कला, और कला के बिना अभ्यास कुछ नहीं है।"
>
> "जब तक गहराई में न जाया जाए, शिक्षा आत्मा में अपनी जड़ें नहीं जमा सकती।"

(ब) गॉर्गियस

गॉर्गियस प्रोतेगोरस के बाद का सर्वप्रसिद्ध सोफीवादी दर्शनशास्त्री था। वह 427 ईसा-पूर्व के आसपास कार्यरत था और अपने समय के महानतम वक्ताओं में से था। उसकी शिक्षाओं की प्रमुख बात यह थी कि किसी भी वस्तु का अस्तित्व नहीं है, और अगर किसी वस्तु का अस्तित्व है तो उसे जाना या प्रेषित किया नहीं जा सकता। उसके बाद के लोग स्वयं को मुक्त चिंतक कहते थे और उनकी दिलचस्पी सबसे बढ़कर राष्ट्रीय धर्म, कानूनों और कर्मकांडों को नष्ट करने में थी। यहां हमारा उद्देश्य बैरोज डनहम को उद्धृत करने से पूरा हो जाएगा जो आधुनिक काल से दिलचस्प समानताएं दिखाते हुए सोफीवादियों की मुख्य प्रवृत्ति का सार-संक्षेप प्रस्तुत करते हैं। डनहम[36] का कथन है : "इन दार्शनिक वाद-विवादों का उद्देश्य अधिकतर वर्गीय हितों का युक्तीकरण करना था। सामाजिक स्थिति का प्रभाव हर जगह देखा जा सकता है। अफलातून-जैसे कुलीन व्यापक, स्थायी सिद्धांतों की बातें सोचते हैं तो प्रोतेगोरस-जैसे लोकतंत्रवादी सुविधा और

तत्काल-युक्ति की बातें सोचते हैं। एथेनी लोकतंत्र ने सचमुच सोफीवादियों का एक पूरा दार्शनिक संप्रदाय खड़ा कर दिया जिनकी सूक्ति यह थी कि 'मनुष्य सभी वस्तुओं का मानदंड है।' इसका अर्थ यही लगता है कि मानव-ज्ञान अत्यंत वैयक्तिक होता है, और यह कि वह वास्तव में किसी विशेष क्षण में किसी एक व्यक्ति के विचार से अधिक कुछ नहीं होता। अपने निहितार्थ रूप में विद्रोही, इस अराजक विचार ने पारंपरिक नीतिशास्त्र को उसी तरह नष्ट कर दिया जिस तरह अमरीकी सिद्धिवाद (प्रैग्मेटिज्म) ने उन्नीसवीं सदी की सभी चिंतन-प्रणालियों को नष्ट कर दिया, पर सोफीवादी अवसरवाद के सिलसिले में सिद्धिवादियों से कहीं अधिक खरे थे। पहली पीढ़ी के सोफीवादी (प्रोतेगोरस, गॉर्गियस) आत्मसम्मानपूर्ण व्यक्ति थे; जबकि दूसरी पीढ़ी के सोफीवादी, जिन्हें उन लोगों ने शिक्षा दी थी, ऐलानिया निकृष्ट थे। शिक्षकों ने शिष्यों को भ्रष्ट किया होगा, यह सोचा जा सकता है, पर तथ्य अगर है तो इसके विपरीत है। फिर भी, सोफीवादी सिद्धांतों ने सामने मौजूद अवसर को पकड़ने की प्रवृत्ति को बढ़ावा दिया। छोटे व्यापारियों का दर्शन होने के नाते वे भला और कर भी क्या सकते थे ?"

गॉर्गियस भाषण-कला की हस्तपुस्तिकाएं तैयार करनेवाले पहले लेखकों में से था। उसके कुछ मिसाली भाषण आज भी सुरक्षित बचे हैं। पर उसके दार्शनिक विचारों को जानने के लिए हम परवर्ती लेखकों की टिप्पणियों पर निर्भर हैं। उदाहरण के लिए :

"(आइसोक्रेत्स : गॉर्गियस में यह कहने की धृष्टता है कि कहीं किसी वस्तु का कोई अस्तित्व नहीं है।)"

"(सेक्सटस, *आन बीइंग* या *आन नेचर* से) :

1. किसी वस्तु का कोई अस्तित्व नहीं है,
   (अ) असत् का अस्तित्व नहीं है,
   (ब) सत् का अस्तित्व नहीं है,
      क. अनादि के रूप में,
      ख. सादि के रूप में,
      ग. दोनों के रूप में,
      घ. एक के रूप में,
      ङ. अनेक के रूप में।
   (स) सत् और असत् के किसी मिश्रण का भी अस्तित्व नहीं है।
2. अगर किसी भी वस्तु का अस्तित्व है तो वह अगम्य है।
3. अगर वह सुगम्य है तो वह अप्रेषणीय है।"

सुकरात

सोफीवादियों द्वारा उत्पन्न इस दार्शनिक अराजकता से जिस महान दर्शनशास्त्री का जन्म हुआ, वह था—सुकरात। एक मूर्तिकार पिता और एक दाई मां के यहां 469 ईसा-पूर्व में जन्म लेनेवाले इस दर्शनशास्त्री के बारे में कहा जाता है कि वह, खासकर युवकों से, जीवन के अर्थ-उद्देश्य पर विचार करता रहता था, उन्हें अपने अज्ञान का अनुभव कराता था तथा उनके अंदर ज्ञान के दबे पड़े बीजों को क्रियाशील बनाता था। चूंकि उसने लिखित रूप में कुछ भी नहीं छोड़ा, इसलिए उसके बारे में हमारा ज्ञान मुख्यत: दो परवर्ती लेखकों—एरिस्तोफेंस और अफलातून—के लेखन पर आधारित है। इनमें एरिस्तोफेंस सुकरात का आलोचक और अफलातून उसका घोर प्रशंसक था। फिर भी, दोनों के लेखन से सुकरात के बारे में हमारी एक ही धारणा बनती है कि वह दर्शनशास्त्र को कठमुल्लापन से चिपके रहने के बजाय उत्तम जीवन जीने का विषय समझता था।

इसके बारे में यह बात बहुत सही कही गई है : "सुकरात के यहां नया दार्शनिक सिद्धांत एक वैयक्तिक विशेषता के रूप में दिखाई देता है। उसका दर्शन पूरी तरह निजी आचार है। जीवन और सिद्धांत को किसी भी तरह अलग नहीं किया जा सकता। इसलिए उसके दर्शनशास्त्र का पूरा विवरण अनिवार्यत: उसका जीवन-चरित्र होगा, और सुकरात के विशेष सिद्धांत के रूप में ज़ेनोफोन ने जो कुछ दर्ज किया है वह इस कारण से अनियमित वार्ताओं में व्यक्त सुकराती चरित्र का एक अमूर्तीकरण मात्र है। इसी आदर्श व्यक्तित्व को खासकर अफलातून ने अपना गुरु माना है। ऐतिहासिक सुकरात का महिमामंडन खासकर उसकी बाद की अधिक परिपक्व वार्ताओं का उद्देश्य है, और इनमें भी *बैंक्वेट* एक साकार इरोस देवता के रूप में, एक चरित्र में मूर्तिमान दर्शन-प्रेम के रूप में सुकरात के व्यक्तित्व का श्रेष्ठतम देवत्वारोपण है।"[37]

इतिहासकारों ने जिस बात की सबसे अधिक चर्चा की है, वह बुढ़ापे में उस पर चलाया गया मुकद्दमा है। इसका कारण सचमुच क्या था, इस पर आज भी विवाद चल रहा है। फिर भी इतना स्पष्ट है कि उस पर मुख्यत: दो आरोप लगाए गए थे : राष्ट्रीय धर्मशास्त्र को तहस-नहस करना तथा एथेनी युवकों को भ्रष्ट करना। जो लोग उस पर आरोप लगानेवाले थे उनमें तीन का नाम लिया जाता है : राजनीतिज्ञ एनितस; कवि

(बल्कि संभवत: तुकबंद) मेलेतस और वक्ता लाइकन। अफलातून हमें विश्वास दिलाना चाहता है कि सुकरात ने अपना बचाव खुद किया। इसका वर्णन अफलातून की प्रसिद्ध वार्ता *एपोलोजी* में मिलता है। इसमें अफलातून ने दिखाया है कि सुकरात ने अपने खास अंदाज में किस तरह आरोप लगानेवालों के चेहरों पर हवाइयां उड़ा दीं और गरिमा और नैतिक श्रेष्ठता जैसे गुणों के मामले में, जो स्वयं न्यायाधीशों तक में न थे, वह किस तरह दूसरे सभी लोगों से बहुत ऊपर नज़र आता था। चूंकि सुकराती दर्शनशास्त्र को सुकराती जीवन के माध्यम से ही बेहतरीन ढंग से समझा जा सकता है, इसलिए हम उपरोक्त वार्ता से एक उद्धरण यहां दे रहे हैं, जिसमें प्राचीन यूनान के संभवत: श्रेष्ठतम चरित्र की नैतिक और आध्यात्मिक महानता के दर्शन होते हैं :

"मैं (सुकरात ने कहा) और कुछ नहीं करता बल्कि घूम-घूमकर तुम सभी को, वृद्ध हों या जवान, सबको, यह समझाता हूं कि अपने जीवन या अपनी संपत्ति का खयाल न करके सबसे पहले आत्मा के अधिकतम परिष्कार की चिंता करो। मैं तुमसे कहता हूं कि सद्‌गुण धन से पैदा नहीं होता, बल्कि सद्‌गुणों से धन पैदा होता है और मनुष्य को सार्वजनिक या निजी, अन्य सभी प्रकार का लाभ होता है। यही मेरी शिक्षा है और अगर मेरी यही शिक्षा युवकों को भ्रष्ट करती है तो मैं दोषी हूं। पर अगर कोई कहता है कि यह मेरी शिक्षा नहीं है तो वह झूठ बोलता है। इसलिए, ऐ एथेंसवासियो, मैं तुमसे कहता हूं कि तुम एनितस का कहना मानो या एनितस का कहना न मानो, और मुझे मुक्त करो या न करो, बल्कि तुम कुछ भी करो, इतना समझ लो कि मैं अपना रास्ता कभी नहीं बदलूंगा—मुझे अनेक बार मरना पड़े तो भी नहीं।"

मुकद्दमे का फैसला उसके खिलाफ हुआ, हालांकि बेहद मामूली बहुमत से। उसे मौत की सज़ा सुनाई गई, और यह छूट दे दी गई कि वह चाहे तो आत्म-निर्वासन स्वीकार ले। यहां उपरोक्त वार्ता से वे शब्द भी उद्धृत किए जा सकते हैं जो उसने अपने शत्रुओं से कहे थे, ताकि सत्य से उसकी भयहीन प्रतिबद्धता और उसके महानतम नैतिक साहस का कुछ परिचय मिल सके—कम से कम उसी रूप में जिस रूप में अफलातून हमें इसका विश्वास दिलाना चाहता है। माना जाता है कि सुकरात के शब्द इस प्रकार थे :

> "एथेंसवासियो, तुमने कुछ जल्दबाज़ी दिखाई है, परंतु इसी क्षुद्र लाभ के लिए इस नगर में दोषान्वेषण के इच्छुक सभी लोगों द्वारा तुम बुद्धिमान सुकरात के हत्यारे कहे जाओगे। कारण कि जो लोग तुम्हें ताना मारना चाहते हैं वे कहेंगे कि मैं बुद्धिमान हूं, भले ही मैं ऐसा न होऊं। काश, तुमने कुछ और इंतजार किया होता, तब तुम्हें यही परिणाम खुद मिलता दिखाई देता; क्योंकि तुम देख सकते हो कि मैं कितना बूढ़ा, बड़ी उम्रवाला और मौत के करीब हूं। यह सब कहते हुए मैं तुम सबसे संबोधित नहीं हूं, बल्कि उनसे हूं जिन्होंने मुझे मौत की सज़ा सुनाई है। और मैं उनसे

एक बात और कहूंगा। सज्जनो, हो सकता है आप यह मानें कि मेरे सज़ा पाने का कारण मेरे पास ऐसे तर्कों का अभाव था जिनसे, अगर मैं सज़ा से बचने के लिए कुछ कहना या कुछ करना उचित समझता तो, मैंने आपको कायल कर दिया होता। ऐसा कुछ भी नहीं है। नहीं, सज़ा तो मुझे मिल ही चुकी है, पर इसका कारण तर्कों का नहीं, बल्कि दुस्साहस और अविवेक का अभाव है, वह सब कहने की इच्छा का अभाव है जिसे आप अपनी प्रसन्नता के लिए सुनना चाहते थे। इसका कारण उस रोने-धोने और अपनी स्थिति पर दुखी होने की इच्छा का, जिन बातों को मैं अपनी शान के खिलाफ समझता हूं, मगर जिन्हें आप दूसरों से सुनने के आदी हो गए हैं, उनको कहने और करने की इच्छा का अभाव है। तो मैं एक स्वतंत्र व्यक्ति के लिए अशोभन भयपूर्ण व्यवहार करना ठीक नहीं समझता था, और अब भी मैं अपने बचाव पर अफसोस नहीं करता। मैं उस बचाव के बाद मरना आपकी शर्तों पर जीने से कहीं लाख दर्जा बेहतर समझता हूं। युद्ध की तरह न्यायपीठ में भी मुझे या किसी भी व्यक्ति को हर अच्छे-बुरे ढंग से मौत से बच निकलने का सामान नहीं करना चाहिए। युद्ध-क्षेत्र में अनेक बार यह साफ दीखता है कि कोई सैनिक अगर अपने शस्त्र फेंककर अपना पीछा करनेवालों के सामने हाथ-पैर जोड़े तो वह बच सकता है, और मौत से बचने के लिए संकट की प्रत्येक घड़ी में ऐसे अनेक उपाय होते हैं, बशर्ते हम कुछ भी कहने या करने को तैयार हों। परंतु, सज्जनो, कठिनाई मौत से नहीं, अपराध-बोध से बचने की है। अपराध-बोध मृत्यु से कहीं अधिक तीव्रगामी होता है। और इसीलिए ऐसा है कि मैं बूढ़ा और धीमा चलनेवाला प्राणी अपने से धीरे चलनेवाले के चंगुल में हूं, जबकि मेरे आरोपी जो चालाक और तीव्रगामी हैं, और भी तीव्रगामी कमीनेपन के चंगुल में हैं। और अब जबकि मैं मौत की सज़ा पाकर आपसे दूर जाने को हूं, सत्य ने उन्हें अनुचित कृत्य और अन्याय का दोषी ठहराया है। मैं इस निर्णय को मानता हूं, और उन्हें भी इसे मानना चाहिए। संभवतः यही उचित होगा, और मैं समझता हूं कि यह ठीक ही हुआ है।

''और अब जबकि वह सब समाप्त हो चुका है, मैं आपसे, मुझे दंड देनेवालों से एक भविष्यवाणी करना चाहता हूं। कारण कि अब मैं वहां, यानी मौत के करीब, पहुंच चुका हूं, जहां लोग भविष्यवाणियां कर सकते हैं। मैं आपसे, मुझे मारनेवालों से कहता हूं कि मेरी मौत के फौरन बाद आप पर एक सज़ा नाजिल होगी जो आपकी सहनशक्ति से बाहर होगी—मैं इसके लिए ईश्वर को साक्षी बनाता हूं !—जो मेरी सज़ा से भी बड़ी

होगी। कारण कि आपने यह सब यह सोचकर किया है कि आपको अपने जीवन का कोई हिसाब नहीं देना होगा, पर बात-ठीक इसके उलटी होगी—ऐसा मैं आपसे कहता हूं। वे जो आपसे हिसाब मांगेंगे, उनकी संख्या कहीं अधिक होगी—मैंने उनको अब तक पीछे रखा है और आपने उन पर ध्यान नहीं दिया है—और चूंकि वे युवक हैं, इसलिए उन्हें झेल सकना कठिनतर होगा, और आपके कष्ट इससे कहीं और बढ़ जाएंगे। अगर आप यह सोचते हैं कि लोगों को मारकर आप हरेक को अपने पर उस जीवन-प्रणाली का दोष लगाने से रोक सकते हैं जिसे आपको जीना नहीं चाहिए, तो मैं कहता हूं कि आप गलती पर हैं। मुक्ति का वह मार्ग न तो व्यावहारिक है और न ही श्रेष्ठ; इसका श्रेष्ठतम और सरलतम मार्ग दूसरों को पंगु करना नहीं, बल्कि खुद को सही जीवन के खांचे में ढालना है। यही वह भविष्यवाणी है जो मैं आपसे, मुझे सज़ा सुनानेवालों से करता हूं, और आपसे विदा लेता हूं।

''पर जिन लोगों ने मुझे निर्दोष ठहराया है उनसे मुझे तब तक इस विषय पर बात करके प्रसन्नता होगी जब तक सारे आर्कन (प्राचीन एथेंस के नौ न्यायाधीश—ले.) फुर्सत में हैं और मैं अपने मृत्युस्थल तक नहीं जाता। इसलिए, सज्जनो, मैं आपसे प्रार्थना करता हूं कि आप तब तक मेरे पास रहें। कोई कारण नहीं कि जब तक हम आपस में बातें कर सकते हैं तो क्यों न करें और अपने स्वप्नों के बारे में एक-दूसरे को क्यों न बतलाएं। मैं आपको अपना मित्र मानकर यह बतलाना चाहूंगा कि जो कुछ मेरे साथ हुआ है, उसका अर्थ क्या है।

''मेरे साथ, मेरे निर्णायको—मैं आपको निर्णायक ही कहूंगा और गलत नहीं कहूंगा, तो मेरे निर्णायको, मेरे साथ एक अजीब बात हुई है। जो चेतावनी मुझे मिलती रहती है, जो मेरा एक आध्यात्मिक चिह्न है, वह मेरे गुजरे जीवन की निरंतर घटना रही है, और मामूली से मामूली बातों में भी, जब भी मैं कुछ गलत करनेवाला था, वह मेरा विरोध करती रही है; और अब मेरे ऊपर, जैसाकि आप खुद देख रहे हैं, वह बुराई नाजिल हुई है जिसे सभी बुराइयों से बड़ी समझा जा सकता है और समझा जा रहा है। और फिर भी, सुबह जब मैं घर से निकला तो ईश्वर का संकेत मेरे विरुद्ध न था, न ही तब ऐसा था जब मैं यहां अदालत में आया, न ही तब जब जो कुछ मुझे बोलना था वह मैं बोल रहा था; और फिर भी दूसरे वक्तों पर इसने मुझे मेरे कुछ कहने के दौरान अक्सर रोका है; पर इस मामले में मेरे किसी भी शब्द या कृत्य का इसने एक बार भी विरोध नहीं किया है। मैं इसका क्या कारण समझता हूं ? यह मैं बतलाता हूं।

यह जो मुझ पर नाज़िल हुआ है वह निश्चित ही उत्तम है, और संभवतः ऐसा नहीं हो सकता कि हमारी—हम जो यह मानते हैं कि मौत एक बुराई है, उनकी—राय सही हो। इसका एक पक्का प्रमाण मुझे मिला है : ऐसा हो ही नहीं सकता था कि वह जाना-पहचाना संकेत, जिस हाल को मैं पहुंचने जा रहा था वह अगर उत्तम न होता, तो मुझे न रोकता।

"आइए, अब हम इस दृष्टि से विचार करें, और यह आशा करेंगे कि ऐसा ही है। मृत्यु दो में से एक ही वस्तु होनी चाहिए : या तो वह किसी भी वस्तु की किसी भी प्रकार की चेतना से हीन है, या फिर, जैसाकि कुछ लोगों का कहना है, यह एक प्रकार का परिवर्तन और एक दुनिया से दूसरी दुनिया में आत्मा का स्थानांतरण है। अब अगर यह एकदम अचेतन है और ऐसी निद्रा के समान है जिसमें सोनेवाला कोई स्वप्न नहीं देखता तो मैं कहता हूं कि मृत्यु से मुझे एक खुशगवार फायदा होनेवाला है। कारण कि मेरा यह विश्वास है कि जिस रात कोई व्यक्ति ऐसी गहरी नींद सोता है कि वह कोई स्वप्न ही न देखे और फिर उसकी तुलना अपने पूरे जीवन की शेष सभी रातों और दिनों से करे कि उस एक रात के मुकाबले कितनी रातों और कितने दिनों को उसने बेहतर ढंग या अधिक प्रसन्नता से गुजारा है—तो मेरा विश्वास है कि साधारण मनुष्यों की बात जाने दें, स्वयं फारस का बादशाह भी शायद ही ऐसी कोई रात या दिन गिनवा सके। अगर मृत्यु इस प्रकार की होती है तो मैं इसे एक वरदान समझूंगा, क्योंकि शेष सारा समय भी ऐसी एक रात से अधिक लंबा नहीं लगेगा। लेकिन अगर यह किसी और देश की यात्रा का नाम है, अगर, जैसाकि कुछ लोग कहते हैं, वह सत्य है और सभी मृत प्राणी वहां हैं—अगर ऐसा है मेरे निर्णायको, तो इससे बढ़कर अच्छी बात क्या हो सकती है ? अगर कोई व्यक्ति मृत्यु के प्रासाद में जानेवाला हो और इन सभी स्वपोषित न्यायाधीशों को पीछे छोड़कर सच्चे न्यायाधीश वहां मिलें जो कहा जाता है कि उस विश्व में न्याय करते हैं—जैसे माइनोस और रादामेंथस, एइकस और त्रिप्तोलेमस, और देवताओं के वे सभी पुत्र जिन्होंने इस जीवन में न्यायोचित कार्य किए हैं—तो क्या ऐसी यात्रा करना कुछ बुरा होगा ? या ओर्फियस और म्यूसियस, हेसियोद और होमर से मिलना—इसके लिए आप लोग, आप सभी लोग क्या बलिदान करेंगे ? अगर यह बात सही है तो मैं सैकड़ों मौतें मरने को तैयार हूं। पेलामिदीज़, और तेलामों के पुत्र एजेक्स से या प्राचीन काल के किसी भी ऐसे व्यक्ति से जो अन्यायपूर्ण निर्णय के कारण मरा हो, मैं अगर वहां मिल सका तो खासतौर पर मेरे लिए वह जीवन एक खुशगवार जीवन होगा; अपने

अनुभव की तुलना उनके अनुभवों से करना निश्चित ही आनंददायक होगा। और सबसे अच्छा तो होगा यहां के लोगों की तरह वहां के लोगों के साथ-साथ चलना, पूछताछ और प्रश्न करना, और यह जानना कि उनमें से कौन बुद्धिमान है; और कौन अपने को बुद्धिमान समझता है, मगर है नहीं। जिस वीर ने ट्रॉय के घेरे का नेतृत्व किया था उससे, या ओडिसस से, या सिसिफस से, या जिन अनगिनत स्त्री-पुरुषों के नाम मैं गिनवा सकता हूं उनमें से किसी से भी प्रश्न कर सकना—मेरे निर्णायको, इसके लिए कोई क्या कुर्बानी कर सकता है ? वहां उनके साथ बातें करना, उनके साथ जीवन जीना, या उनसे प्रश्न करना अवर्णनीय प्रसन्नता का कारण होगा। निश्चित ही, वहां वे लोग किसी को इसके लिए मौत के घाट नहीं उतारेंगे; वे तमाम बातों में इस दुनिया के हम लोगों से कहीं बहुत अधिक प्रसन्नचित्त हैं, और अगर कुछ लोग जो कुछ कहते हैं वह सत्य है, तो वे हमेशा-हमेशा के लिए अमर हैं।

"और मेरे निर्णायको, आप लोग भी आशान्वित होकर मृत्यु के बारे में सोचें, और याद रखें, कम से कम यह बात सही है कि कोई भी बुराई किसी अच्छे इंसान को उसके जीवन या उसकी मृत्यु में नहीं छू सकती, और यह कि वह ईश्वर द्वारा विस्मृत नहीं किया जाता। जो कुछ मेरे साथ हुआ है वह संयोग से नहीं हुआ है, बल्कि मुझे स्पष्ट लगता है कि मेरे लिए मरना और कष्टों से मुक्त हो जाना ही श्रेयस्कर था। यही कारण है कि ईश्वरीय संकेत मुझे कभी पीछे मुड़वाने के लिए नहीं आया, और मैं यह नहीं कह सकता कि मैं अपने आरोपियों और अपने को सज़ा देनेवालों से एक सिरे से नाराज हूं। फिर भी मुझे सज़ा देने या मेरे ऊपर आरोप लगाने के पीछे उनका इरादा यह न था; वे मुझे नुकसान पहुंचाना चाहते थे, और इसका इलजाम उन पर लगना ही चाहिए। फिर भी मैं उनसे इतना जरूर चाहूंगा। सज्जनो, जब मेरे बेटे बड़े हो जाएं और आप यह सोचें कि नीति-मार्ग से अधिक धन या किसी और वस्तु के बारे में वे चिंतित हैं तो क्या आप उनकी निंदा करेंगे या उन्हें उसी तरह दुख देंगे जिस तरह मैंने आपको दिया है ? और जब वे ऐसे कुछ नजर आएं जो वे वास्तव में नहीं हैं तो इसके कारण, जो कुछ उन्हें चाहिए उसके लिए प्रयास न करने के कारण और जब उनकी कोई उपयोगिता न हो उस समय अपने को कुछ मानने के कारण आप उनकी वैसे ही भर्त्सना करें जैसे कि मैं आपकी करता था। और अगर आप ऐसा करें तो मैं समझूंगा कि हमें, मेरे बेटों को और मुझे आपसे न्याय मिल गया है।

"पर अब हमारे चलने का समय आ गया है—मुझे मृत्यु की ओर, और

आपको जीवन की ओर—और हममें से कौन बेहतर दशा को पहुंचता है, इसे ईश्वर के सिवा कोई नहीं जानता।"

जाहिर है कि एथेंसवासियों का भ्रष्ट जीवन सुकरात के लिए इतना पतित था कि वह उसे जीने के काबिल नहीं समझता था। इसलिए मृत्यु उसे छुटकारे का एक अच्छा रास्ता लगी। अफलातून अपनी वार्ता *फ़ेइदो* में हमें विश्वास दिलाना चाहता है कि सुकरात में इसे अनोखे ढंग से हास्यप्रद बनाने की प्रतिभा भी थी। अपने मित्र क्रेतो से उसके अंतिम शब्द इस प्रकार थे : "मुझ पर एस्क्लेपियस का एक मुर्गा उधार है। क्या यह कर्ज चुकाना तुम्हें याद रहेगा ?" एस्क्लेपियस स्वास्थ्य का देवता था और प्रथा यह थी कि लोग रोगमुक्त होने पर उसे बलि चढ़ाते थे। तो इस बात का अर्थ यह हुआ कि मृत्यु के द्वारा सुकरात जीवन नामक एक लंबी बीमारी से मुक्त हो रहा था।

अफलातून

सुकरात की मृत्यु के बाद यूनानी दर्शनशास्त्र में कुछ छोटी-मोटी प्रवृत्तियों का उदय हुआ, जैसे—मानवद्वेषवादी (सिनिक), साइरीनेइकवादी और मेगारी संप्रदाय, जो खासतौर पर, क्रमशः ऐंटीस्फेनीज़, एरिस्टिप्पस, और यूक्लिड के नामों से संबंधित थीं। मगर यूनानी चिंतन-प्रणाली पर इनमें से किसी का भी कोई खास प्रभाव नहीं पड़ा।

उसके बाद आता है प्लूटो या अफलातून जो संभवतः यूनानी दर्शनशास्त्र का महानतम विचारक है। एक कुलीन ऐतिक घराने में 429 ईसा-पूर्व में जन्मा अफलातून उस समय सुकरात के प्रभाव में आया जब लोकतंत्र की वापसी के कारण उसकी राजनीतिक महत्वाकांक्षाएं चूर-चूर हो चुकी थीं। इस लोकतंत्र से वह उसी शिद्दत से नफरत करता था, जिससे कि प्राचीन आयोनियाई प्रकृतिवादी परंपरा से। इस कारण वह दार्शनिक विचारवाद की ओर झुका, और वास्तविकता यह है कि यूरोपीय चिंतन-परंपरा के इतिहास में वह इसका महानतम प्रतिपादक बन गया। उसकी दार्शनिक कृतियों की सुंदरता और कायल करनेवाली शक्ति उसकी निर्णायक विशेषताएं थीं, जैसाकि बर्नाल ने कहा है, "उसकी अभिव्यक्ति की सुंदरता ने हरेक काल में लोगों से उसके विचारों की वीभत्सता को छिपाए रखा है।"[38] बर्नाल ने इसे वीभत्स कहा है तो इसलिए कि अगर उसे गंभीरता से लिया जाए तो वह प्राकृतिक विज्ञान और मानव-प्रगति दोनों के अंत का कारण बन जाए। उसके दार्शनिक विचारों का केंद्रीय तत्व उसका विचारवाद है।

"विचारों के ऐतिहासिक संबंधों के विभिन्न पक्षों के अनुसार उनकी परिभाषा बहुमुखी में साझे तत्व, विशिष्ट में सार्वभौम, अनेक में एक, तथा परिवर्तनीय में निश्चित और स्थायी के रूप में की जा सकती है। किसी मनोगत संदर्भ में संज्ञान के ये तत्व, अपने-आपमें निश्चित तथा अनुभव से अव्युत्पन्न, तथा हमारे सारे ज्ञान के अंतःजन्य नियामक हैं। किसी वस्तुगत संदर्भ में, ये अस्तित्व और बाह्य विश्व के अपरिवर्तनीय तत्व अकायिक, अविभाज्य, सरल इकाइयां हैं जो हर उस वस्तु में उपस्थित हैं जो अपने-आपको किसी भी तरह स्वयंधारी सिद्ध कर सके। इस विचारवाद का उद्गम वस्तुओं के सारतत्व को, हर वस्तु सचमुच जो कुछ है उसे, व्यक्त करने की इच्छा में,

सत् का जो कुछ भी चिंतन के समरूप है उसे प्रत्ययों (नोशंस) में व्यक्त करने की इच्छा में, वास्तविक विश्व का बोध अपने-आपमें संगठित एक बौद्धिक विश्व के रूप में करने की इच्छा में है।"[39]

"किसी विचार का स्थान, जैसाकि मात्र शब्द से पता चलता है, हमेशा वहीं होता है जहां प्रजाति (स्पेसीज़) और वंश (जेनस) के किसी सामान्य प्रत्यय का स्थान होता है। उदाहरण के लिए, अफलातून बिस्तर, मेज, शक्ति, स्वास्थ्य, वाणी, रंग के विचारों की, मात्र संबंध और गुण के विचारों की, गणितीय संख्याओं के विचारों की, बल्कि असत् के विचारों तक की, तथा चरित्रहीनता और अवगुण की, जो अपनी प्रकृति से ही विचार के विरोध मात्र हैं, बातें करता है। संक्षेप में, जहां भी किसी 'अनेक' को एक ही विशेषण से या एक साझे नाम से जाना जा सकता है, वहीं किसी विचार का अस्तित्व माना जा सकता है; या, जैसाकि अरस्तू ने कहा है, अस्तित्व के प्रत्येक वर्ग के लिए अफलातून ने एक विचार का अस्तित्व माना है। इस प्रकार उसने स्वयं को पार्मेनिदीज़ के आरंभ में व्यक्त किया है। इसमें पार्मेनिदीज़ युवा सुकरात से प्रश्न करता है कि विचार से उसका क्या अभिप्राय है। तब सुकरात बिना किसी शर्त के नैतिक विचारों की, न्याय के विचारों की, सुंदर के विचारों की, शिव के विचारों की गिनती करवाता है; कुछ हिचक के साथ सही, वह मनुष्य, अग्नि, जल जैसे भौतिक विचारों का भी अस्तित्व स्वीकार करता है। जहां तक मात्र रूपहीन परिमाण का या किसी वस्तु के किसी भाग के विचारों का सवाल है, वह उन्हें स्वीकार नहीं करता, मगर तब पार्मेनिदीज़ उससे कहता है कि जब दर्शनशास्त्र उसके पूरे व्यक्तित्व पर छा चुका होगा, तब वह इन वस्तुओं को हीन नहीं समझेगा, अर्थात् वह पाएगा कि ये वस्तुएं भी किस प्रकार, अप्रत्यक्ष ढंग से ही सही, विचारों की प्रक्रिया में भाग लेती हैं। कम से कम यहां पर यह इच्छा व्यक्त की गई है कि अस्तित्व का कोई भी क्षेत्र विचारों के लिए त्याज्य नहीं है, कि देखने में जो कुछ अत्यंत अबुद्धिसंगत और आकस्मिक है उसका भी बुद्धिसंगत संज्ञान के लिए महत्व है, और यह कि जिस वस्तु का भी अस्तित्व है उसे बुद्धि के अस्तित्व के रूप में ग्रहण किया जाए।"[40] अपने विचारवाद को सिद्ध करने तथा मन को भौतिक यथार्थ के किसी भी भाव से मुक्त कराने के लिए *रिपब्लिक* (पुस्तक सात) में अफलातून ने गुफा की उपमा का उपयोग किया है। इस ग्रंथ के प्रासंगिक भाग से यहां हम एक लंबा उद्धरण दे रहे हैं, जिसमें अफलातून की साहित्यिक प्रतिभा को भी उसके श्रेष्ठतम रूप में देखा जा सकता है :

"तो उसके बाद", मैंने (सुकरात ने) कहा, "हमारी प्रकृति की स्थिति जानने के लिए शिक्षा और अज्ञान के इस दृष्टांत को लो। कल्पना करो कि मानवजाति एक भूमिगत गुफा में रह रही है जिसके आर-पार प्रकाश के जाने के लिए एक मार्ग खुला है। इस गुफा में लोग बचपन से ही रह रहे हैं और उनकी गरदनों और पांवों में बेड़ियां पड़ी हैं जिसके कारण वे जहां हैं वहीं रहने को मजबूर हैं। बेड़ियों के कारण वे अपने सिरों

को इधर-उधर नहीं घुमा सकते, बल्कि सिर्फ सामने देख सकते हैं, और उनके पीछे कुछ दूर एक ऊंची जगह पर जल रही आग से प्रकाश उन तक पहुंच रहा है। आग और इन कैदियों के बीच उनसे कुछ ऊंचाई पर एक सड़क है, और कल्पना करो कि इसके किनारे-किनारे एक नीची दीवार बना दी गई है, जैसेकि पुतली का खेल दिखानेवाले अपने दर्शकों के सामने एक पर्दा खड़ा कर देते हैं, जिसके पीछे से वे पुतलियों का संचालन करते हैं।''

''समझ रहा हूं'', उसने (ग्लाउकॉन ने) कहा।

''तो कल्पना करो कि इस दीवार के साथ-साथ कुछ लोग हर तरह की वस्तुएं लेकर चल रहे हैं और ये वस्तुएं दीवार के उस पार से कुछ-कुछ नजर आ रही हैं, जैसे पत्थर या लकड़ी की बनी मनुष्यों तथा अन्य जीवों की मूर्तियां, और दूसरी तरह की चीजें, और जैसाकि तुम अनुमान लगा सकते हो, कुछ भारवाहक बातें कर रहे हैं और कुछ चुप हैं।''

उसने कहा, ''क्या खूबसूरत बिंब है और कैसे मार्के के कैदी हैं !''

''ठीक हमारी तरह'', मैंने कहा, ''सबसे पहले तो मुझे यह बतलाओ : ऐसे लोग अपनी और एक-दूसरे की उन परछाइयों के अलावा, जो गुफा की दूसरी दीवार पर आग के कारण पड़ रही हैं, और क्या देखते होंगे ?''

उसने कहा, ''अगर ये लोग जीवन-भर अपने सिर न हिला पाने की मजबूरी में गिरफ्तार रहे हैं, तो मैं नहीं समझता कि इसके सिवा वे कुछ और देख भी सके होंगे !''

''बहुत ठीक, और जो चीजें ढोई जा रही हैं, क्या उनके बारे में भी यही बात नहीं होगी ?''

''यकीनन होगी।''

''फर्ज करो कि ये कैदी आपस में बातें कर सकते हैं। तो क्या तुम यह नहीं मानोगे कि जब उन्होंने परछाइयों को नाम दिए होंगे तो उन्हें विश्वास रहा होगा कि ये नाम वे वस्तुओं को दे रहे हैं ?''

''लाजिम है।''

''अब अगर उनकी कैद में दूसरी ओर की दीवार से कोई प्रतिध्वनि उस समय गूंजे जबकि गुजरता हुआ कोई भारवाहक कुछ कहे, तो क्या वे यह नहीं मानेंगे कि गतिमान छाया ने ही आवाज की है ? क्या तुम ऐसा नहीं सोचते ?''

''यकीनन मैं यही सोचूंगा'', उसने कहा।

''अगर ऐसा है'', मैंने कहा, ''तो ऐसे लोग निश्चित रूप से यह विश्वास करेंगे कि हस्तनिर्मित वस्तुओं की उन छायाओं के अलावा कुछ भी वास्तविक नहीं है।''

''यही हुआ होगा'', उसने कहा।

''अब इस पर विचार करो'', मैंने कहा, ''कि उनकी मुक्ति और उनकी उन जंजीरों

से और उनकी गलतियों से रिहाई कैसी रही होगी। आओ, हम यह कल्पना करें कि क्या यह स्वाभाविक रूप से कुछ ऐसी रही होगी। किसी को रिहा किया जाता है, उसे एकाएक खड़ा होने और अपनी गरदन घुमाने, चलने-फिरने और जलती हुई आग की रोशनी की ओर देखने को मजबूर किया जाता है। इन सबसे उसे दुख होगा, और जिन चीजों की परछाइयां वह अब तक देखता आया है उनको स्पष्ट रूप से देखकर वह काफी हैरान होगा। अब अगर उसे कोई यह बतलाए कि वह अब तक जो देखता आया था वह मायाजाल था, और यह कि अब अधिक सही ढंग से देख रहा है जो यथार्थ के जरा और करीब है और अब उसकी निगाहें उस तरफ गई हैं जो कुछ अधिक वास्तविक है, तो तुम क्या समझते हो कि वह क्या कहेगा ? अगर उसे पास से गुजरती हरेक वस्तु दिखाई जाए और प्रश्न पूछ-पूछकर उसे यह बतलाने के लिए बाध्य किया जाए कि कोई वस्तु क्या है, तो क्या होगा ? क्या तुम नहीं मानते कि वह हैरान होगा, और यह समझेगा कि जो कुछ वह अब तक देखता आया था वह, जो कुछ वह अब देख रहा है उससे कहीं अधिक सही था ?''

उसने कहा, ''इससे भी ज्यादा।''

''तो फर्ज करो कि उसे वास्तविक प्रकाश की ओर देखने को मजबूर किया जाता है; तो उसकी आंखों को तकलीफ होगी और वह उन्हें उस तरफ घुमा लेगा जिस तरफ वह देखने में समर्थ था और इनको, जो कुछ उसे दिखाया जा रहा है, उससे स्पष्टतर समझेगा।''

''बिलकुल ऐसा ही होगा,'' उसने कहा।

''अब फर्ज करो'', मैंने कहा, ''कि कोई उसे जबरन खींचकर ऊबड़-खाबड़ ढाल तक, चढ़ाई तक ले जाता है और तब तक चैन नहीं लेता जब तक उसे खींचकर सूरज की रोशनी के सामने ला खड़ा नहीं करता, तो क्या वह खींचे जाने पर दुखी और नाराज नहीं होगा ? और जब वह प्रकाश में आएगा तो रोशनी उसकी आंखों में समा जाएगी और अब जिन चीजों को यथार्थ कहा जा रहा है, उनमें से एक को भी वह देख नहीं पाएगा।''

''एकाएक तो'', उसने कहा, ''वह नहीं देख पाएगा।''

''मैं समझता हूं कि पहले उसे यकीनन इसका आदी होना पड़ेगा, बशर्ते वह ऊपर स्थित वस्तुओं को देखना चाहता है। पहले वह सबसे आसानी से परछाइयों को देखेगा, फिर मानवजाति और अन्य वस्तुओं के पानी में बनते बिंबों को देखेगा, और अंत में स्वयं वस्तुओं को देखेगा। इसके बाद वह रातों में आसमानों का और उनमें स्थित तमाम वस्तुओं का मुआइना करना, सितारों और चांद की रोशनी को घूरना दिन के समय सूरज तथा धूप को देखने की अपेक्षा आसान समझेगा।''

''यकीनन।''

''अंत में, मैं समझता हूं, वह सूरज को देखेगा; वह संभवतः स्वयं सूरज को जहां

वह है वहीं देखे कि वह कैसा है, न कि पानी में उसके प्रतिबिंबों को देखे। या किसी अजनबी माहौल में, जैसा वह नजर आता है, उसे देखे।"

"लाजिम है", उसने कहा।

"और केवल इन सबके बाद ही वह उसके बारे में चिंतन करेगा कि वह मौसमों और वर्षों का कारण किस प्रकार है और कि वह दृश्यमान जगत की हर वस्तु के ऊपर स्थित है, और एक तरह से वही तो नजर आनेवाली सभी वस्तुओं का कारण है।"

"हां, यह तो स्पष्ट है", उसने कहा, "इन तमाम बातों के बाद अंत में वह यही करेगा।"

"बहुत सही। अब उसे यह याद दिलाया जाए कि उसका पुराना निवासस्थान कैसा था और वहां बुद्धिमत्ता किसे कहा जाता था, और उसके साथी कैदियों की याद दिलाई जाए, तो क्या तुम नहीं मानते कि वह इस परिवर्तन पर खुद को मुबारकबाद देगा, और उन पर तरस खाएगा ?"

"हां, हां, यकीनन।"

"अब अगर उस स्थान पर मान-सम्मान और पुरस्कारों की व्यवस्था ऐसे शख्स के लिए हो जो गुजरती हुई चीजों को सबसे स्पष्ट देखता हो और सबसे अच्छी तरह याद रखता हो कि क्या चीज पहले आती है, क्या बाद में, और कौन-सी चीजें एक साथ आती हैं, और इन सबके आधार पर सबसे अच्छी तरह यह बतला सकता हो कि अब क्या आनेवाला है—तो क्या तुम ऐसा मानते हो कि वह (मुक्त हो चुका व्यक्ति—अनुवादक) उसकी इच्छा करेगा, और उन लोगों में जो लोग सम्मानित हुए हैं या जो समर्थ हैं, उनसे ईर्ष्या करेगा ? क्या वह यह नहीं सोचेगा, और जैसाकि होमर ने कहा है, क्या दिल से इसकी इच्छा नहीं करेगा कि वह धरती पर किसी भूमिहीन व्यक्ति का दास बन जाए और सबकुछ झेलने को तैयार रहे, बजाय इसके कि वह उनकी तरह सोचे और उनकी जैसी जिंदगी गुजारे ?"

"यकीनन", उसने कहा, "वह वैसी जिंदगी जीने के बजाय किसी भी बात को स्वीकार कर लेगा।"

"तो फिर", मैंने कहा, "अगर इस पर विचार करो। अगर ऐसा कोई व्यक्ति वापस वहीं जाए और अपनी पुरानी जगह पर बैठ जाए, तो क्या सूरज से एकाएक दूर हो जाने पर उसकी आंखों में अंधेरा नहीं भर जाएगा ?"

"बिलकुल ऐसा होगा", उसने कहा।

"और अब अगर उसे उन लोगों से मुकाबला करना पड़े जो हमेशा से कैदी रहे हैं, आंखों के अभ्यस्त होने से पहले पलकें झपकाते हुए वह उन परछाइयों के बारे में कोई नियम बतलाए—और इन तमाम बातों का अभ्यस्त होने में उसे अच्छा-खासा समय लगेगा—तो क्या वे सब उस पर हंसेंगे नहीं और क्या वे यह नहीं कहेंगे कि बाहर जाकर उसने अपनी दृष्टि बरबाद कर ली है, कि बाहर जाने की कोशिश करने का कोई

फायदा नहीं है ? और जो भी उन्हें रिहा कराने के बाद बाहर ले जाने की कोशिश करेगा, उसे अगर वे पकड़कर कत्ल कर सकें तो क्या वे उसका कत्ल नहीं कर देंगे ?"

"यकीनन, वे ऐसा ही करेंगे", उसने कहा।

"तो मेरे प्यारे ग्लाउकॉन", मैंने कहा, "जो कुछ हम कहते आ रहे हैं, उस पर हमें यह बिंब लागू करना चाहिए। हमारा यह दृश्यमान जगत उस कैद के समान ही है, वहां की आग की रोशनी सूरज की रोशनी के समान है, ऊपर चढ़ना और बाहर की दुनिया को देखना, आत्मा के ऊपर उठकर मन की दुनिया में पहुंचने के बराबर है। इस तरह सोचो तो तुम मेरे अपने निष्कर्ष से दूर नहीं रह जाओगे, क्योंकि यही तो तुम सुनना चाहते हो; पर ईश्वर ही जानता है कि क्या यह सचमुच सही है। कम से कम मुझे तो यही लगता है कि इस ज्ञात जगत में अंतिम वस्तु शुभ का विचार है, और इसे जानने के लिए कितनी कड़ी मेहनत करनी पड़ती है ! और एक बार जान लेने पर इसे प्रत्येक शिव और सुंदर वस्तु का कारण मानना चाहिए—वह जो प्रकाश को उत्पन्न करता है, जो दृश्यमान जगत में प्रकाश का सम्राट् है तथा जो मन के जगत में, जो सम्राज्ञी के समान है, सत्य और बुद्धि को जन्म देता है; और इसे वही जान पाएगा जो सार्वजनिक या निजी जीवन में बुद्धि के सहारे कार्यरत है।"

विचारों का यह सिद्धांत भौतिकवाद के चेतन विरोध के फलस्वरूप विकसित हुआ। *सोफिस्ट्स* नामक वार्ता में अफलातून ने भौतिकवाद और विचारवाद के संघर्ष को देवासुर संग्राम के समान बतलाया है, जिसमें असुर निश्चित ही भौतिकवादी हैं और देव निश्चित ही विचारवादी हैं :

"यथार्थ संबंधी यह विवाद निश्चित ही एक प्रकार का देवासुर संग्राम है। एक पक्ष हर वस्तु को पृथ्वी से जोड़ता है; शब्दशः चट्टानों और पेड़ों की बातें करता है; यह तर्क देता है कि केवल वही यथार्थ है जिसे महसूस किया और छुआ जा सकता है, यथार्थ की परिभाषा काया के रूप में करता है, और अगर कोई व्यक्ति किसी अकायिक वस्तु को यथार्थ बतलाता है तो उसके साथ अपमान का व्यवहार करता है, और आगे उसकी एक बात भी नहीं सुनता।"

"जी हां, ये चालाक लोग हैं; उनमें से कइयों से मिल चुका हूं।"

"इसलिए उनके विरोधी और अदृश्य जगत के पक्षधर अपने विचारों का बचाव बहुत कुशलता के साथ करते हैं, और जोर देकर कहते हैं कि सही अस्तित्व तो कुछ बोधगम्य अकायिक रूपों में होता है; वे दूसरों के तथाकथित सत्य को यथार्थ नहीं, बल्कि मात्र एक प्रवहमान संवृत्ति बतलाते हैं, और उनकी तथाकथित कायाओं की धज्जियां उड़ा देते हैं। इस मुद्दे पर एक भयानक संघर्ष हमेशा चलता रहता है।"

जॉर्ज थॉमसन[41] ने दिखाया है कि अफलातून के लिए यह विवाद शुद्ध सैद्धांतिक विवाद न था। यह उसकी परिपक्वतम कृति *दि लाज़* से स्पष्ट है।

"उनका कहना है कि मिट्टी, वायु, अग्नि, जल, सभी का अस्तित्व उनके स्वभाव या संयोग के कारण है, न कि किसी प्रयोजन के कारण, और यह कि इन अजीव

वस्तुओं से द्वितीयक वस्तुओं, जैसे पृथ्वी, सूर्य, चंद्रमा और तारों का अस्तित्व संभव हुआ है। गर्म और ठंडा, गीला और सूखा, कड़ा और नर्म जैसे अपने अलग-अलग गुणों और पारस्परिक समानताओं के कारण, तथा विरोधियों के सांयोगिक मिश्रण में अनिवार्यता के कारण बने अन्य सभी संयोजनों के कारण वे गति में आए, और इस प्रकार आकाश की, उसमें उपस्थित हर वस्तु की, सभी पशुओं और पौधों की सृष्टि हुई; और ऋतुओं का सृजन भी इसी कारण हुआ है, न कि मन या ईश्वर या प्रयोजन बल्कि, जैसाकि मैंने कहा, स्वभाव या संयोग के कारण। प्रयोजन का जन्म इनके बाद और इन्हीं से हुआ है जो अपने उद्‌गम के कारण मर्त्य हैं, जिनसे कुछ ऐसे खिलौने बनते हैं जो वास्तव में सत्य न होकर बिंबों पर आधारित हैं, जैसेकि वे जिनका सृजन चित्रकला, संगीत और सहयोगी कलाओं के द्वारा होता है, जबकि जिन कलाओं का कोई गंभीर उद्देश्य होता है वे प्रकृति से सक्रिय सहयोग करती हैं, जैसे चिकित्सा, कृषि और व्यायाम; और ऐसा ही कुछ सीमा तक राजनीति भी करती है, पर यह अधिकांशतः कला ही है; और यही बात कानून-निर्माण के साथ है—यह पूरी तरह एक कला है, न कि प्रकृति, और इसकी मान्यताएं सत्य नहीं हैं।''

''आपका अभिप्राय क्या है ?''

''मेरे मित्र, इन लोगों के अनुसार, ईश्वर का अस्तित्व प्रकृति में नहीं, बल्कि मात्र कला में है, और वह उन नियमों की उपज है जो नियम-निर्माताओं की परंपराओं के अनुसार अलग-अलग स्थानों पर भिन्न-भिन्न हैं। स्वाभाविक अच्छाई उससे भिन्न है, जो नियमों के अनुसार अच्छा है, और स्वाभाविक न्याय जैसी कोई चीज नहीं होती; वे उन पर लगातार विचार करते और उन्हें बदलते रहते हैं और चूंकि यह कला और नियम का मामला है न कि प्रकृति का, इसलिए वे समय-समय पर इसमें जो भी परिवर्तन करते हैं वे उस समय-विशेष के लिए वैध होते हैं। यही तो वे बातें हैं जिन्हें हमारे नौजवान पेशेवर शायरों और अन्य व्यक्तियों से सुनते रहते हैं जो यह दावा करते हैं कि ताकत ही कानून है। नतीजा यह है कि वे पाप के पंक में धंस जाते हैं और यह मानने लगते हैं कि देवता वैसे नहीं हैं जैसाकि कानून उन्हें मानने को कहता है। और वे आपसी टकरावों के शिकार होते हैं क्योंकि वे अपने स्वभाव के अनुसार जीवन जीने की प्रेरणा पाते हैं, यानी कानूनों के अधीन रहकर जीने के बजाय वे दूसरों पर सचमुच अपना वर्चस्व जमा लेते हैं।''

''कितनी भयानक कहानी है यह, और युवकों की सार्वजनिक और निजी नैतिकता के खिलाफ कितना बड़ा अपराध है !''

लेकिन अफलातून युवकों को इस ईश्वर-विरोधी भौतिकवाद से किस प्रकार मुक्त कराना चाहता है ? जैसा कि थॉमसन ने दिखाया है[42], इसका उत्तर आसान है : झूठ के सहारे उनका मानसिक पोषण करके। उदाहरण के लिए, उपरोक्त वार्ता में ही वह मजे लेकर यह दिखाता है कि अन्यायपूर्ण जीवन, अर्थात् वह जीवन जो उसके अपने

कानूनी कार्यक्रम के अनुरूप नहीं है, न्यायोचित जीवन से वास्तव में कम वांछनीय है, और फिर उसके बाद वह यह तर्क देता है :

"और अगर यह बात सच नहीं है, जैसाकि हमारे तर्क ने इसे सिद्ध किया है, तो कोई भी कानून-निर्माता जिसमें जरा-सी भी भलाई की भावना हो और जो युवकों से कोई लाभदायक झूठ बोलने को तैयार हो, क्या इससे भी अधिक लाभदायक झूठ गढ़ सकता था जो युवकों को स्वेच्छा से हमेशा वह सब करने को मनवा सके जो उचित हो ?

"सत्य एक अच्छी बात है और स्थायी भी, फिर भी लोगों को इसका विश्वास दिला सकना आसान नहीं है।

"खैर, तो लोगों को कादमोस और सैकड़ों इतने ही अविश्वसनीय मिथकों का विश्वास दिला सकना क्या कठिन था ?"

"आप किसकी बातें कर रहे हैं ?"

"ड्रैगन के दांत जमीन में गाड़ने और उससे योद्धाओं के जन्म लेने की। कानून-निर्माता की युवकों का दिल जीतने की शक्ति का यह कितना शिक्षाप्रद उदाहरण है ! इससे पता चलता है कि उसे मात्र इतना करना है कि जो विश्वास राज्य के लिए सबसे अधिक लाभकारी हों उनका पता लगाए, और फिर अपनी पूरी शक्ति लगाकर यह सुनिश्चित करे कि लोग जीवन-भर अपने भाषणों, कहानियों और गीतों में बस यही राग अलापें।"

इस राजनीतिक कार्यक्रम की व्यावहारिकता का प्रश्न फिर भी अपनी जगह रहता है। अफलातून का कहना था कि अगर हम प्राचीन मिस्रवासियों की जड़ीभूत संस्कृति को देखें तो यह कार्यक्रम निश्चित ही व्यावहारिक लगेगा, और हम आसानी से देख सकते हैं कि इस राजनीतिक कार्यक्रम को एक विशालकाय प्रचार-प्रणाली के द्वारा सचमुच लागू किया गया था :

"इन बातों के लिए मिस्र में कानूनी व्यवस्थाएं क्या हैं ?"

"बहुत ही मार्के की। जिस सिद्धांत पर हम विचार कर रहे हैं उसे वे बहुत पहले ही स्वीकार कर चुके थे, कि युवकों को सुंदर आकृतियों और रागों के प्रयोग का अभ्यस्त बनाया जाना चाहिए। उन्होंने अपने मानक नियम स्थापित किए हैं और उनको मंदिरों में प्रदर्शित कर रखा है, और किसी भी कलाकार को किसी भी कला में यह छूट नहीं है कि वह परंपरागत रूपों की जगह कोई नई बात लाए या नए रूपों का व्यवहार करे। आप पाएंगे कि वहां जो कलाकृतियां आज बनाई जा रही हैं वे शैली में वैसी ही हैं, जैसीकि दस हजार साल पहले—बिना किसी अतिशयोक्ति के, दस हजार वर्ष पहले—बनाई जानेवाली कलाकृतियों की थी, न उनसे अच्छी और न उनसे बुरी।"

"सचमुच मार्के की बात है।"

"बल्कि मैं तो कहूंगा कि राजनीतिज्ञों और राजनयिकों के बेहद मतलब की। आप उसके अंदर भी कमजोरियां पाएंगे, पर संगीत के बारे में जो कुछ मैंने कहा है सही और

अहम है, क्योंकि इससे पता चलता है कि किसी कानून-निर्माता के लिए स्वाभाविक सत्य के आधार पर और परिणामों में पूरा विश्वास रखते हुए रागों का निर्धारण कर सकना संभव है। यह सही है कि यह काम किसी देवता या दैवी सत्ता के बस का ही है। मिस्रवाले कहते हैं कि जिन प्राचीन ऋचाओं को उन्होंने इतने लंबे समय से संजोकर रखा है, उनकी रचना उनके लिए आइसिस ने की थी। इसीलिए तो मैं कहता हूं कि सही रागों का पता बस चल जाए तो उनको कानून के द्वारा स्थापित कर सकना कठिन न होगा, क्योंकि नएपन की ललक इतनी जोरदार नहीं है कि आधिकारिक रूप से अभिषिक्त संगीत को भ्रष्ट कर सके। खैर, कुछ भी हो, मिस्र में इसे भ्रष्ट नहीं किया जा सका है।"

"हां, इस साक्ष्य से आपकी बात सही साबित होती लगती है।"

इन सबका लुब्बेलुबाब यही है कि अफलातून मिस्री मिथकों की ओर वापस लौटने की प्रवृत्ति का प्रतिनिधित्व करता है; यही वे मिथक थे जिनसे मुक्ति यूनानी दर्शनशास्त्र के आयोनियाई सुप्रभात की विशेषता थी। इस प्रकार पीछे लौटने के प्रति उत्साह का कारण क्या है ? फैरिंगटन[43] ने इसका जवाब दिया है :

"*रिपब्लिक* और *लाज़* में अफलातून का ध्यान मनुष्यों के प्रबंध की समस्या पर है, न कि भौतिक वातावरण के नियंत्रण की समस्या पर। इस कारण ये कृतियां भले ही राजनीतिक चतुराई से भरी हों, प्राकृतिक विज्ञान से ये पूरी तरह वंचित हैं।

"तकनीकों में निहित विज्ञान के प्रति अपनी शत्रुता या लापरवाही को अफलातून बहुत दूर तक ले जाता है। आयोनियाई वैज्ञानिकों की एक विशेषता यह थी कि उन्होंने महान आविष्कारकों, जैसे धौंकनी का आविष्कार करने और लंगर की रूपरेखा में सुधार लानेवाले अनाकर्सिस के प्रति या रांगे का आविष्कार करनेवाले कियोस के ग्लाउकस के प्रति अपना सम्मान व्यक्त किया था। ये सब एक प्राचीनतर काल के प्रति मानव की श्रद्धा के उदाहरण हैं। मगर अफलातून (*रिपब्लिक,* दस, 597) ने यह नहीं माना कि एक दस्तकार मनुष्य किसी वस्तु का सर्जक भी हो सकता है; वह उसके विचार या रूप के आविष्कार के लिए ईश्वर पर निर्भर है। अफलातून के अनुसार कोई बढ़ई ईश्वर द्वारा सृजित बिस्तर के विचार को मन की आंखों से देखकर ही बिस्तर बना सकता है। इस तरह लीवर, खराद या सेट स्क्वायर का आविष्कार करनेवाले समोसवासी थियोदोरस से उसकी मौलिकता और उसकी सम्मानप्रद स्थिति छिन गई, और गैस्ट्रोफिटीज़ या पेट से लगाकर चलाए जानेवाले क्रॉस-धनुष का आविष्कार करनेवाले ज़ोफ्रस ने तो इस वस्तु का पेटेंट ईश्वर से चुराया था। उद्विकास के आधुनिक सिद्धांत के प्रतिपादक 'ओल्ड टेस्टामेंट' की इस शिक्षा से परेशानी महसूस करते हैं कि पौधों और पशुओं की विभिन्न प्रजातियां आज जिस रूप में हैं, उसी रूप में ईश्वर द्वारा रची गई थीं। प्राचीन विश्व के तकनीशियन तो इससे कहीं अधिक परेशान यह कहे जाने पर हुए होंगे कि किसी तकनीकी साधन का आविष्कार करने या उसमें सुधार तक करने से पूर्व उन्हें खुदाई

पहलकदमी का इंतजार करना चाहिए, क्योंकि तकनीकी विकास का वर्तमान चरण दैवी योजना का प्रतिनिधित्व करता है।

"मगर तकनीशियनों की बौद्धिक स्थिति को गिराने के काम में तो अफलातून इससे भी आगे बढ़ गया। तकनीशियनों से उनके आविष्कारों का श्रेय ही नहीं छीन लिया गया, बल्कि हस्तनिर्माण की कला के क्षेत्र में उनके किसी सच्चे विज्ञान के ज्ञाता होने से भी इनकार किया गया। *रिपब्लिक* के इसी उद्धरण में लफ्फाजी के साथ, एक काइयांपन भरी तरकीब के जरिए अफलातून यह साबित करता है कि किसी वस्तु को बनानेवाला नहीं, बल्कि उसे प्रयोग करनेवाला मनुष्य ही उसके बारे में सच्चा वैज्ञानिक ज्ञान रखता है। उपयोगकर्त्ता, जो सच्चे विज्ञान से लैस अकेला प्राणी है, को चाहिए कि वह निर्माता को अपना ज्ञान दे, ताकि उसकी जानकारी दुरुस्त हो सके। यह सिद्धांत बहुत असरदार ढंग से समाज में उपभोक्ता की स्थिति को ऊपर उठाता तथा उत्पादक की स्थिति को नीचे गिराता है। दास-प्रथा पर आधारित किसी समाज में इसका राजनीतिक महत्व स्पष्ट है। वस्तुओं का उत्पादन करनेवाले किसी दास को उनका उपयोग करनेवाले स्वामी से श्रेष्ठतर ज्ञान का अधिकारी नहीं ठहराया जा सकता था। पर यह तकनीकी प्रगति या विज्ञान के सच्चे इतिहास के लिए एक कारगर रोक भी है। वास्तव में, अफलातून ने यहां उस खुल्लमखुल्ला अनैतिहासिक विचार की बुनियाद रख दी है, जो प्राचीन काल में उसके बाद प्रचलित हुआ, कि तकनीकों का आविष्कार करके उन्हें दासों के हवाले करनेवाले तो दर्शनशास्त्री थे।"

फिर भी यह एक तथ्य है कि अफलातून मानव-इतिहास के श्रेष्ठतम बुद्धिमानों में एक था। तो फिर उसके विचारों के औंधेपन को कैसे समझा जाए ? जवाब यह है कि यह सब दास-प्रथा के प्रति उसके उत्साह की देन है। हर प्रकार के शारीरिक श्रम को दासों के लिए सुरक्षित रखने के बाद दर्शनशास्त्री के पास तो शुद्ध बुद्धि के कबूतर उड़ाना-भर रह जाता था जो शासक वर्ग का खास मशगला था। इस प्रकार कोई भ्रष्ट समाज अत्यंत प्रतिभाशाली दर्शनशास्त्री को भी भ्रष्ट मार्ग पर ले जा सकता है, और मेहनतकशों को पूरी तरह राजनीतिक नियंत्रण में रखने के लिए ज्ञान के दीपक तक को बुझा सकता है। इसलिए अफलातून एक प्रकार से यूनानी दर्शनशास्त्र की महानतम त्रासदी का प्रतीक है। यह त्रासदी एक ऐसे महान विचारक की त्रासदी है जो मिथकों और झूठ की वकालत करता है, और जिस समाज को वह आदर्श समाज मानता है, उसके, यानी दास-प्रथा पर आधारित समाज के लिए इस झूठ को भी लाभदायक मानता है।

अरस्तू

अरस्तू का जन्म 384 ईसा-पूर्व में हुआ था। उसका पिता एक चिकित्सक था और वह मकदूनिया के राजा का मित्र भी था। संभवतः उसके पिता के पेशे ने ही उसे वैज्ञानिक विषयों की ओर आकर्षित किया। दर्शन में उसकी रुचि मुख्यतः अफलातून के साथ उसके संपर्क से जागी, जिसके अंतर्गत उसने लगभग बीस वर्षों तक अध्ययन किया। पर बाद में वे अलग हो गए, और कहते हैं कि अरस्तू ने तब ये स्मरणीय शब्द कहे थे कि "अफलातून प्यारा है, पर सत्य उससे भी प्यारा है।"

अफलातून के बाद एथेंस छोड़कर वह माइसिया में अतरनियस के शासक हर्मेइयास के दरबार में चला गया। 343 ईसा-पूर्व में उसे मकदूनिया के शासक फिलिप ने अपने बेटे सिकंदर का शिक्षक नियुक्त किया, जो उस समय तेरह वर्ष का था। बाप-बेटे, दोनों से उसे बेहद इज़्ज़त मिली, और वह शाही वजीफे के सहारे अपने अध्ययन को जारी रख सका।

जब पूरब की विजय का उद्देश्य लेकर सिकंदर ईरान की ओर चला गया, तो अरस्तू वापस एथेंस आ गया। वहां अब उसके लिए जो एकमात्र पाठशाला बची थी वह लाइसियम थी, क्योंकि अकादमी पर ज़ेनोक्रेत्स का और साइनोसार्गेस पर सिनिकवादियों का कब्ज़ा था। वहां वह अपने छात्रों के साथ पेड़ों की ठंडी छाया में टहलता रहता और दुनिया के लगभग हर विषय पर बोलता रहता। इसीलिए उसके संप्रदाय का नाम संक्रमणवादी (पेरीपेटेटिक; पेरी = करीब, पेटीइन = टहलना) पड़ा। सुबह को वह अपने मेधावी छात्रों को शिक्षा देता था और शाम को बड़ी संख्या में सामान्य लोगों को।

मगर अरस्तू को एथेंस फिर से छोड़ना पड़ा, क्योंकि निहित स्वार्थों ने, संभवतः राजनीतिक अभिप्राय से, उसे ईश्वरद्रोह का दोषी ठहराया। इसलिए तेरह साल एथेंस में पढ़ाने के बाद वह वहां से चला गया ताकि, उसी के शब्दों में, एथेंसवासियों को दर्शनशास्त्र के विरुद्ध दोबारा पाप न करना पड़े। उसका इशारा सुकरात की सज़ा की ओर था। 322 ईसा-पूर्व में चालसिस में उसकी मृत्यु हुई।

अधिकांशतः वार्ताओं की शैली में लिखनेवाले अफलातून के विपरीत अरस्तू की

अधिकांश कृतियां शुष्क गद्य में हैं, और कहा जाता है कि उसकी कृतियां हेलेनी विशेषता से मुक्त हैं। लगभग सभी या अधिकांश कृतियां वास्तव में बिखरी हुई टिप्पणियां हैं, जिन्हें संभवतः उसके व्याख्यानों के समय मौजूद उसके शिष्यों ने दर्ज कर लिया होगा। इसमें अधूरे वाक्य, छूटे हुए शब्द, व्याकरण की गलतियां और अस्पष्ट बातें, सभी कुछ हैं। पर इन टुकड़ों में भी उसकी मौलिकता के दर्शन किए जा सकते हैं। उसका खास जोर यथार्थ और अनुभवसिद्ध के वर्णन पर था, और इससे भी बड़ी बात यह है कि उसकी एक विश्वकोशी प्रवृत्ति थी। उसे तर्कशास्त्र, प्राकृतिक इतिहास, मनोविज्ञान और नीतिशास्त्र का संस्थापक कहा जाता है। उसकी तत्वमीमांसा का आधार कारण-कार्य का सिद्धांत है और उसका अर्थ आज के अर्थ की अपेक्षा कहीं बहुत अधिक व्यापक है।

''कारणत्व (काजेशन) को इस व्यापक अर्थ में लेने पर अरस्तू ने पाया कि कारण चार प्रकार के होते हैं—भौतिक, निमित्त, आकारिक और अंतिम। ये परस्पर वैकल्पिक कारण नहीं हैं, और इसका अर्थ यह नहीं है कि किसी बात की व्याख्या के लिए चारों में से एक या किसी दूसरे को ही उपस्थित होना चाहिए। किसी वस्तु के अस्तित्व के या उत्पादन के प्रत्येक उदाहरण में सभी चारों कारण साथ-साथ कार्यरत होते हैं। इसके अलावा, यही चारों कारण मानवीय या ब्रह्मांडीय, दोनों प्रकार के उत्पादन में देखे जा सकते हैं—मनुष्य द्वारा वस्तुओं के निर्माण में या प्रकृति द्वारा वस्तुओं के उत्पादन में। फिर भी उन्हें मानवीय उत्पादन की प्रक्रिया में अधिक स्पष्टता और आसानी से देखा जा सकता है, और इसलिए हम अपना उदाहरण इसी प्रक्रिया से लेंगे।

''किसी वस्तु का भौतिक कारण वह पदार्थ है जिससे वह बनी होती है। यही वह कच्ची सामग्री है जिससे वह वस्तु बनती है। उदाहरण के लिए, हर्मेज की एक कांसे की मूर्ति बनानी हो तो कांसा मूर्ति का भौतिक कारण होगा। इस उदाहरण से कोई यह मान बैठेगा कि भौतिक कारण से अरस्तू का अभिप्राय वह है जिसे हम पदार्थ या प्राथमिक वस्तु कहते हैं, जैसे पीतल, लोहा, या लकड़ी। आगे चलकर हम देखेंगे कि यह अनिवार्य नहीं है, हालांकि प्रस्तुत उदाहरण में यही बात है। निमित्त कारण की परिभाषा अरस्तू ने हमेशा ही गति के कारण के रूप में की है। यह परिवर्तन लानेवाली ऊर्जा या गतिकारी शक्ति का नाम है। याद रहे कि गति से अरस्तू का अभिप्राय मात्र स्थान-परिवर्तन से नहीं, बल्कि किसी भी प्रकार के परिवर्तन से है। इस अर्थ में पत्ते का हरे से पीला होना भी वैसे ही एक गति है, जैसे किसी पत्थर का गिरना। तो निमित्त कारण हर परिवर्तन का कारण हुआ। उपरोक्त उदाहरण में कांसे को मूर्ति के रूप में ढालनेवाला, इस परिवर्तन को लानेवाला मूर्तिकार है। इसलिए वह मूर्ति का निमित्त कारण हुआ। आकारिक कारण की परिभाषा अरस्तू ने वस्तु के द्रव्य और सत्व के रूप में दी है। पर किसी वस्तु का सत्व (एसेंस) तो उसकी परिभाषा में ही निहित होता है। परंतु परिभाषा अवधारणा का स्पष्टीकरण होती है। इसलिए किसी वस्तु का आकारिक कारण उसकी अवधारणा, या अफलातून के शब्दों में, उसका 'विचार' है। इसलिए अफलातून के 'विचार' अरस्तू के

यहां आकारिक कारणों के रूप में देखे जाते हैं। अंतिम कारण वह लक्ष्य या उद्देश्य है जिसके लिए गति होती है। जब कोई मूर्ति बनाई जाती है तो इस गतिविधि का उद्देश्य, यानी मूर्तिकार का लक्ष्य स्वयं पूर्ण हो चुकी मूर्ति होती है। किसी वस्तु का अंतिम कारण सामान्यतः वह वस्तु स्वयं, अर्थात् कर्म की पूर्णता प्राप्त सत्ता होती है।"[44]

'लॉजिक' में अरस्तू का खास जोर आकारिक सत्य पर, हेत्यानुमान (साइलॉजिज्म) पर है जिसे आज तक पढ़ाया जाता है। फिर भी अजीब बात यह है कि उसके औपचारिक हेत्वानुमानीय नियम न तो उसकी *मेटाफिजिक्स* के लिए और न ही उसकी *फिजिक्स* के लिए पर्याप्त सिद्ध हुए, जिनका सरोकार तथ्यों से होने की अपेक्षा की जाती है। ये मात्र विचारों की औपचारिकताओं से संतुष्ट न हो सकीं।

अरस्तू ने अफलातून के विचारवाद को रद्द किया, जिसके बारे में दर्शनशास्त्र के इतिहासकार आमतौर पर चर्चा करते हैं। "अफलातून ने तमाम यथार्थ वस्तुओं के विचार (या विचारों) की परिकल्पना की थी, पर उसके नजदीक विचार अगर सत्य है तो उसकी कोई गति नहीं है। अभी तक उसे जीवन या प्रकृति की प्रक्रियाओं से जोड़ा नहीं गया था। इस तरह यह अपने-आपमें ससीम है। अफलातून की अपनी इच्छा के विरुद्ध ही सही, दृश्यमान जगत का अपना स्वतंत्र अस्तित्व है, और इस अस्तित्व का मूलतत्व स्वयं इनके (विचारों के) अंदर नहीं है। जब अरस्तू अफलातून पर आपत्ति करता है कि उसके विचार मात्र 'इंद्रियों की अमर और शाश्वत वस्तुएं हैं', और यह कि वे प्रकृति की सत्ता और उसके संभवन की व्याख्या करने में असमर्थ हैं, तो उसका अभिप्राय यही है।"[45]

दांते ने अपनी कृति *डिवाइन कॉमेडी* में अरस्तू को 'ज्ञानियों का ज्ञानी' कहा है। पूरे मध्ययुग पर उसका व्यापकतम संभव प्रभाव पड़ा। कार्ल मार्क्स तक ने उसे वह "महान विचारक" कहा है "जो अनेक रूपों का, चाहे वे विचारों के रूप हों, समाज के हों या प्रकृति के हों, विश्लेषण किया है, और इनमें मूल्य के रूप भी शामिल हैं।" अरस्तू के इस विश्वकोशीय आयामवाले योगदान के प्रति इस प्रशंसा-भाव के बावजूद मार्क्स ने अरस्तू की उस महान कमजोरी की ओर भी ध्यान दिलाया है जो उसकी वैयक्तिक प्रतिभा की कमजोरी न थी, बल्कि उसके चिंतन पर उस दास-प्रथा पर आधारित समाज द्वारा लादी गई थी जिसमें वह रह रहा था और जिसका वह एक उत्साही समर्थक था। इसका एक सुंदर उदाहरण मार्क्स ने *कैपिटल* में दिया है। निश्चित ही, अरस्तू इस तथ्य को मानता था कि, उदाहरण के लिए, पांच बिस्तरों का दाम एक मकान के दाम के बराबर है और एक मकान का दाम इतने रुपयों के बराबर है। मगर यह समझ पाना उसके लिए कठिन सिद्ध हुआ कि आखिर ऐसा संभव क्यों होता है। मार्क्स का प्रायः एक लंबा उद्धरण[46] यहां दिया जा रहा है : "वह (अरस्तू) आगे इस बात को भी समझता है कि मूल्य का संबंध जो इस अभिव्यक्ति को जन्म देता है, इसे भी अनिवार्य बनाता है कि मकान गुणात्मक रूप से बिस्तर के बराबर हो, और यह कि इस समानीकरण

के बिना दो स्पष्टतः भिन्न वस्तुओं की सम्मेय मात्राओं के रूप में एक-दूसरे से तुलना नहीं की जा सकती है। उसका कहना है : 'विनिमय समानता के बिना संभव नहीं है, और समानता सम्मेयता (कमेंसुरेबिलिटी) के बिना संभव नहीं है।' मगर यहां पहुंचकर वह रुक जाता है और मूल्य के रूपों का अपना विश्लेषण बंद कर देता है। 'मगर वास्तव में ऐसी विभिन्न वस्तुओं का सम्मेय (अर्थात् गुणात्मक रूप से समान) होना असंभव है।'

"वह समान गुण, वह साझा तत्व क्या है जिसके कारण बिस्तरों के मूल्य को घर के रूप में व्यक्त किया जा सकता है ? अरस्तू का कहना है कि सच पूछें तो ऐसे किसी तत्व का अस्तित्व हो ही नहीं सकता। मगर क्यों नहीं हो सकता ? बिस्तरों से तुलना किए जाने पर घर उनके बराबर किसी वस्तु को निश्चित ही अभिव्यक्त करता है, क्योंकि यह उस वस्तु को अभिव्यक्त करता है जो बिस्तरों और घर, दोनों में ही सचमुच समान है। और यह वस्तु है—मानव-श्रम।

"मगर एक महत्वपूर्ण कारण ऐसा था जिसने अरस्तू को यह समझने नहीं दिया कि मालों को मूल्य देना सारे श्रम को समान मानव-श्रम और इसलिए समान गुणवाले श्रम के रूप में व्यक्त करने की एक विधि मात्र है। यूनानी समाज दास-प्रथा पर आधारित था और इसलिए उसका स्वाभाविक आधार मनुष्यों की और उनकी श्रम-शक्तियों की असमानता था। श्रम के सभी प्रकार समान और समतुल्य हैं; कारण कि वे सामान्य रूप से मानव-श्रम हैं—मूल्यों की अभिव्यक्ति का यह भेद तब तक नहीं समझा जा सकता जब तक कि मानव-समानता की धारणा एक लोकव्यापी पूर्वाग्रह के रूप में स्थापित न हो चुकी हो। मगर यह केवल ऐसे ही समाज में संभव है जिसमें श्रम के अधिकांश उत्पाद मालों का रूप ले चुके हों और इसलिए जिसमें मनुष्य और मनुष्य का प्रमुख संबंध मालों के स्वामियों का संबंध हो। अरस्तू की महान प्रतिभा मात्र इस बात से स्पष्ट है कि उसने मालों के मूल्यों की अभिव्यक्ति में समानता का संबंध देखा था। मगर जिस समाज में वह रह रहा था, केवल उसी की विशिष्ट परिस्थितियों के कारण वह यह पता नहीं लगा सका कि वास्तव में इस समानता की तह में क्या है।"

लेकिन बात एक स्पष्ट तथ्य को न समझ पाने की असफलता से कहीं अधिक गंभीर है। फैरिंगटन ने दिखाया है कि दास-प्रथा पर आधारित समाज के प्रति अरस्तू के समर्थन ने किस प्रकार उसके विचारों को भ्रष्ट किया, और प्राचीन यूनान के इस अंतिम और अब तक के महानतम बुद्धिमान के चिंतन को गलत दिशाओं में मोड़ दिया। चूंकि अरस्तू के साथ यूनानी दर्शनशास्त्र अपनी पराकाष्ठा ही नहीं, बल्कि अपने अंत को भी पहुंचा, इसलिए फैरिंगटन को इस विषय पर विस्तार से अपनी बात कहने का अवसर देकर संभवतः बेहतरीन ढंग से हम अपनी चर्चा का समापन कर सकते हैं। फैरिंगटन[47] ने लिखा है : "जैसाकि सुविदित है, अरस्तू ने दास-प्रथा का समर्थन इस आधार पर किया कि यह प्राकृतिक है। इसे प्राकृतिक कहने से उसका अभिप्राय यह था कि, जैसाकि हाल ही में एक विद्वान ने याद दिलाया है, 'यह प्रथा एक ऐसे प्रतिमान का अनुसरण

करती है जो पूरी प्रकृति में व्याप्त है।' अरस्तू के अपने शब्दों में, 'हर यौगिक वस्तु में एक शासक और एक शासित कारक हमेशा पाए जाते हैं, और जीवंत वस्तुओं की यह विशेषता उनमें पूरी प्रकृति की एक देन के रूप में पाई जाती है। यहां इस भोंडे तर्क से दिग्भ्रमित होने की कोई आवश्यकता नहीं है। यह मान लेना कठिन है कि अरस्तू सचमुच स्वामी और दास को किसी 'यौगिक वस्तु' के अवयव मानता है। परंतु दास-प्रथा के औचित्य के पक्ष में अरस्तू का सारा तर्क ही गलत है। जैसाकि बहुत पहले ही मांतेस्क्यू ने कहा था, 'अरस्तू यह साबित करना चाहता है कि दास-प्रथा प्राकृतिक है, और जो कुछ वह कहता है उससे यही साबित नहीं होता।' यहां हमारा सरोकार दास-प्रथा का औचित्य सिद्ध करने के उसके प्रयास से नहीं है, बल्कि उसके विज्ञान पर इस प्रयास के कारण पड़नेवाले प्रभाव से है। दास-स्वामी संबंध को पूरी प्रकृति में व्याप्त एक प्रतिमान के रूप में देखते हुए वह पदार्थ को अविचलित, अव्यवस्थित और प्रतिरोधकारी समझता है, और प्रकृति या मन को, पदार्थ को निश्चित लक्ष्यों की ओर प्रेरित करनेवाला तत्व मानता है। अरस्तू ने पदार्थ के ये जो अभिलक्षण बतलाए हैं वे हैरान करनेवाले हैं, अगर हम यह नहीं समझते कि ये ही अभिलक्षण वह दासों के भी बतलाता है।

"उसका कारणत्व का प्रसिद्ध चतुवर्गीय सिद्धांत पदार्थ और प्रकृति के संबंध की उसकी धारणा से उत्पन्न होता है। अरस्तू के अनुसार, आरंभिक आयोनियाई प्रकृतिवादी दर्शनशास्त्रियों ने केवल भौतिक कारण पर ही विचार किया था और इसलिए उन्होंने मात्र एक आदिम 'हकले' विज्ञान को जन्म दिया था। प्रकृति की किसी भी उपज में चूंकि वे मात्र कर्त्ता या दासवत् तत्व पर ही विचार करते थे, इसलिए उनसे इतने की ही आशा की जा सकती थी। अरस्तू स्वयं तीन अन्य—निमित्त, आकारिक और अंतिम—कारण इसमें जोड़ने का प्रस्ताव करता है। ये वे कारण हैं जो अविचलित पदार्थ को भी एक उद्देश्य देते हैं। अरस्तू की विज्ञान की मुख्य धारणा यही है—यह समझना कि प्रकृति जो उद्देश्यों को सामने रखनेवाले स्वामी के समान है, किस प्रकार उस पदार्थ पर अपनी इच्छा लादती है जो कभी-कभी इन उद्देश्यों का विरोध करता है और किसी दास की तरह, एक श्रेष्ठतर इच्छा द्वारा निर्देशित न किए जाने पर कुछ भी प्राप्त नहीं कर सकता। वह यहां तक दावा करता है कि किसी प्राकृतिक दास और प्राकृतिक स्वामी में अंतर कर पाने में अगर कठिनाई आती है तो उसका कारण यह है कि प्रकृति पदार्थ पर अपनी इच्छा का आरोपण नहीं कर सकी है। अगर मनुष्य प्राकृतिक दास हों और यह बात न जानते हों तो उसका कहना है कि यह बात उन्हें समझाना प्राकृतिक स्वामी का काम है।"

इन स्पष्ट कमजोरियों के बावजूद यह याद रखना चाहिए कि अरस्तू का वस्तुगत विचारवाद "अफलातून के विचारवाद से और भी दूर तथा अधिक सामान्य था, और इसलिए प्रकृति-दर्शन में वह अक्सर भौतिकवाद का रूप ले लेता था।"[48] लेनिन उसकी कृति *मेटाफिजिक्स* में मौजूद "द्वंद्ववाद के और इसके बारे में उसकी पड़ताल के जीवंत

अंकुरों की'' उपस्थिति की सराहना किए बिना नहीं रह सके, तथा उन्होंने ''बुद्धि की शक्ति, संज्ञान की शक्ति और वस्तुगत सच्चाई में'' अरस्तू की आस्था की भूरि-भूरि सराहना की है।[49]

यहां हम *मेटाफिजिक्स* (एक, 8-10) से एक लंबा उद्धरण दे रहे हैं, जिसमें अरस्तू ने पाइथागोरसवादियों की और विचारों के सिद्धांत की आलोचना की है।

''सिद्धांतों और तत्वों के बारे में 'पाइथागोरसवादियों' की धारणा तो भौतिक (वादी) दर्शनशास्त्रियों से भी अधिक अजीबोगरीब है। (कारण यह है कि उनके सिद्धांत इंद्रियपरक वस्तुओं से निकले हैं, क्योंकि खगोलशास्त्र को छोड़कर गणित की शेष वस्तुएं गतिहीन वस्तुओं की श्रेणी में आती हैं।) फिर भी उनका चिंतन और उनकी जांच-पड़ताल पूरी तरह प्रकृति के बारे में है, क्योंकि वे आकाश की परिकल्पना करते हैं और फिर उसके भागों और अभिलक्षणों और प्रकार्यों के सिलसिले में संवृत्तियों का प्रेक्षण करते हैं, और इनकी व्याख्या के लिए सिद्धांतों और कारणों का उपयोग करते हैं। इसका निहितार्थ यह है कि वे दूसरों, भौतिक (वादी) दर्शनशास्त्रियों से इस बात पर सहमत हैं कि मात्र **यथार्थ** ही गोचर है और तथाकथित 'आकाश' में स्थित है। पर जिन कारणों और सिद्धांतों का उल्लेख वे करते हैं वे, जैसाकि हमने कहा है, यथार्थ के उच्चतर क्षेत्रों तक पहुंचने के लिए सीढ़ी का काम दे सकने में समर्थ हैं, और वे प्रकृति की अपेक्षा इन्हीं के लिए अधिक उपयुक्त हैं। मगर वे हमें कत्तई यह बात नहीं बतलाते कि अगर ससीम और असीम तथा सम और विषम मात्र ही परिकल्पित वस्तुएं हैं तो गति किस तरह संभव है, या गति और परिवर्तन के बिना उत्पत्ति और विनाश किस तरह संभव है, या आकाश में विचरण करनेवाली कायाएं जो कुछ करती हैं, उसे भला कैसे कर पाती हैं।

''फिर, अगर उनकी यह बात मान ली जाए कि दैशिक प्रसार इन तत्वों से बना होता है, या अगर यह सिद्ध भी हो जाए तो भी कुछ वस्तुएं हल्की और अन्य वस्तुएं उनसे भारी क्यों होती हैं ? जो कुछ वे मानते और कहते हैं उसके आधार पर देखें तो वे गणितीय कायाओं के बारे में गोचर वस्तुओं से अधिक कोई बात नहीं करते; इसलिए उन्होंने अग्नि या पृथ्वी या इसी प्रकार की दूसरी कायाओं के बारे में कुछ भी नहीं कहा है। मैं समझता हूं कि इसका कारण यह है कि गोचर वस्तुओं पर **विशिष्टतः** लागू हो सकनेवाली कोई भी बात उनके पास कहने के लिए नहीं है।

''फिर, हम इन मान्यताओं का किस प्रकार समन्वय करें कि संख्या के अभिलक्षण, और स्वयं संख्या भी, हर उस वस्तु के कारण हैं जो अस्तित्व में है और जो आरंभ से ही या आज आकाश में घटित हो रही है, और यह कि और कोई भी संख्या इस संख्या के अलावा, जिससे कि विश्व बना है, नहीं है ? वे विचार और अवसर को एक क्षेत्र में प्रस्थापित करते हैं और उसके ऊपर या नीचे अन्याय और निर्णय या इनके मिश्रण को प्रस्थापित करते हैं और फिर प्रमाणस्वरूप यह कहते हैं कि इनमें से हरेक एक संख्या है, और यह कि इस स्थान पर संख्याओं से बनी अनेक विस्तारमय वस्तुएं उपस्थित हैं,

क्योंकि संख्या के ये अभिलक्षण विभिन्न स्थानों से संबंधित हैं—अब यदि ऐसा है तो यह संख्या, जिसे हमें तमाम अमूर्तीकरणों का पर्याय मानना चाहिए, क्या वही संख्या है जो भौतिक सृष्टि में दृष्टिगोचर है, या इसके अलावा भी कोई संख्या है ? अफलातून कहता है कि यह एक भिन्न संख्या है; फिर भी, वह भी यह मानता है कि ये दोनों कायाएं और उनके कारण, वास्तव में संख्याएं हैं, हालांकि बोधगम्य संख्याएं कारण हैं, जबकि अन्य इंद्रियगम्य हैं।

''फिलहाल हम पाइथागोरसवादियों की बातें छोड़ दें, क्योंकि हमने उनके बारे में जो कुछ कहा है, वह पर्याप्त है। पर जहां तक उन लोगों का सवाल है जो विचारों को कारण बतलाते हैं ताकि, पहली बात यह कि वे हमारे इर्द-गिर्द की वस्तुओं के कारणों को समझ सकें, उन्होंने इतनी ही तादाद में दूसरी वस्तुओं का समावेश कर दिया है—गोया कोई शख्स वस्तुओं को गिनना चाहे और सोचे कि अगर थोड़ी-सी वस्तुएं ही होंगी तो वह उनको गिन नहीं सकेगा, और फिर वह उनमें कुछ और वस्तुएं जोड़कर गिनने की कोशिश करे। कारण कि रूप उन वस्तुओं से कम नहीं, बल्कि अमलन उनके बराबर हैं जिनकी व्याख्या के प्रयास में ये विचारक उनसे आगे बढ़कर रूप की धारणा तक पहुंचे हैं। कारण कि हर वस्तु के संगत एक इकाई होती है जिसका वही नाम होता है और जिसका अस्तित्व तत्वों से अलग होता है। इसी तरह अन्य सभी वर्गों के मामले में 'अनेक' के ऊपर 'एक' का अस्तित्व होता है, चाहे ये 'अनेक' इसी दुनिया में हों या शाश्वत हों।

''इसके अलावा जिन विधियों से हम (यहां अरस्तू एक अफलातूनवादी के तर्क दे रहा है—ले.) रूपों का अस्तित्व सिद्ध करते हैं, उनमें से कोई भी कायल नहीं करती। कारण, जरूरी नहीं कि कुछ से कोई निष्कर्ष निकले, और कुछ से उन वस्तुओं तक के रूप भी निकलते हैं जिनके बारे में हम सोचते हैं कि उनका कोई रूप नहीं होगा। कारण कि विज्ञानों के अस्तित्व पर आधारित तर्कों के अनुसार, जिन वस्तुओं के लिए विज्ञान हैं उनके रूप होना अनिवार्य है। फिर 'अनेक के ऊपर एक' के तर्क के अनुसार निषेधों तक के रूप हैं; और इस तर्क के अनुसार कि किसी वस्तु के विनाश के बाद भी चिंतन का एक कर्म होता है, नश्वर वस्तुओं के भी रूप होते हैं क्योंकि हमारे पास उनका एक बिंब होता है। आगे, सटीकतर तर्कों में से कुछ तो संबंधों के विचार तक हमें ले जाते हैं जिनके बारे में हम कहते हैं कि उनका कोई स्वतंत्र वर्ग नहीं है, और दूसरे तर्क 'तीसरे मनुष्य' की धारणा का समावेश करते हैं।

''और रूप के बारे में ये तर्क उन वस्तुओं को नष्ट कर देते हैं जिनके अस्तित्व के बारे में, हम विचारों के अस्तित्व की अपेक्षा, अधिक उत्साही होते हैं। कारण कि इससे निष्कर्ष निकलता है कि द्विक (इयाड, जिसका अर्थ है 'अनिश्चित[2]', जिसे अफलातून ने संख्या के प्रथम मूलतत्वों में से एक कहा है—ले.) नहीं, बल्कि संख्या ही प्राथमिक है, अर्थात् सापेक्ष निरपेक्ष से पहले आता है (अर्थात् संख्या, जो सापेक्ष है, उस

'अनिश्चित 2', से पहले आती है जिसे अफलातून ने एक निरपेक्ष प्रथम मूलतत्व कहा है—ले.) उन सभी बातों से अलग जिनके बारे में कुछ लोग, विचारों के बारे में व्यक्त मतों का अनुसरण करते हुए, इस सिद्धांत के मूलतत्वों के विरोध में आ खड़े हुए हैं।

"फिर, विचारों में हमारा विश्वास जिस मान्यता पर आधारित है, उसके अनुसार द्रव्यों (सब्स्टैंसेज़) के ही नहीं, बल्कि अन्य अनेक वस्तुओं के भी रूप होंगे। (क्योंकि यह धारणा द्रव्यों के ही नहीं बल्कि दूसरे कई मामलों के लिए भी एकल (सिंगल) है, और द्रव्य के ही नहीं बल्कि दूसरी वस्तुओं के भी विज्ञान हैं, तथा इसी तरह हजारों अन्य कठिनाइयां उनके सामने आती हैं।) पर इस मामले की जरूरतों और रूपों के बारे में प्रचलित मतों के अनुसार अगर रूप साझे हो सकते हैं तो विचार केवल द्रव्य के ही विचार होने चाहिए। कारण कि उनका साझापन आकस्मिक नहीं होता, बल्कि रूप में किसी वस्तु की साझीदारी, किसी उस वस्तु की तरह होती है जो किसी कर्त्ता का विधेय न हो। ('आकस्मिक साझापन' से मेरा अभिप्राय यह है कि, उदाहरण के लिए, किसी वस्तु की 'उसके स्वयं के दोगुने' में साझीदारी होती है; यूं तो वह 'शाश्वत' में भी साझेदार होती है पर आकस्मिक रूप में, क्योंकि 'शाश्वत' 'दोगुने' का विधेय है।) इसलिए रूप द्रव्य भी हैं, मगर समान पदों (टर्म्स) से इस विश्व में तथा वैचारिक विश्व में द्रव्य की उपस्थिति का संकेत मिलता है (वरना यह कहने का क्या अर्थ होगा कि विशिष्ट उदाहरणों से अलग भी किसी वस्तु, यानी 'अनेक के ऊपर एक' का अस्तित्व भी होता है ?) (यह तर्क एक लुप्तावयव न्यायवाक्य (एंथाइमिम) लगता है और इससे यह निष्कर्ष निकाला गया है कि रूप चूंकि द्रव्य हैं, इसलिए वे द्रव्य के रूप होने चाहिए।—ले.), और अगर विचारों तथा उनमें साझीदारी करनेवाले विशिष्ट उदाहरणों का एक ही रूप है तो इनमें कुछ साझा भी होना चाहिए ? कारण कि अगर नश्वर '2' (दो की संख्या में उपस्थित नश्वर वस्तुओं) तथा अनेक मगर शाश्वत '2' में एक और सिर्फ एक '2' हैं और विशिष्ट '2' की तरह 'स्वयं में 2' में यह नहीं है, तो भला क्यों ? परंतु अगर उनका एक ही रूप नहीं है तो उनमें साझी वस्तु केवल उनका 'नाम' ही होना चाहिए, और यह ऐसे ही है गोया कोई कैलियस और लकड़ी की मूर्ति, दोनों को, उनके बीच कोई साम्य देखे बिना, 'मनुष्य' कहे।

"सबसे बढ़कर इस प्रश्न पर विचार किया जाना चाहिए कि इंद्रियगम्य वस्तुओं—वे जो शाश्वत हैं या वे जो उत्पन्न और नष्ट होती हैं—में रूपों का क्या योगदान होता है। कारण कि वे वस्तुओं में न तो गति को और न ही किसी परिवर्तन को जन्म देते हैं। फिर ये न तो अन्य वस्तुओं के ज्ञान में किसी प्रकार सहायक हैं (क्योंकि ये उनके द्रव्य तक नहीं हैं, वर्ना वे उनमें उपस्थित होते) और न ही उनके अस्तित्व में सहायक होते हैं— अगर वे उन विशिष्ट उदाहरणों में नहीं हैं जो उनमें साझीदारी करते हैं, हालांकि वे अगर उनमें होते तो वे उनके कारण माने जा सकते थे, जिस तरह 'श्वेत' किसी श्वेत वस्तु की रचना में शामिल होकर उसके श्वेतत्व का कारण होता है। परंतु यह तर्क,

जिसे पहले अनेक्सागोरस ने और बाद में यूडोक्सस और कुछ अन्य ने प्रयुक्त किया था, बहुत आसानी से रद्द हो जाता है, क्योंकि इस दृष्टिकोण के विरोध में अनेक अकाट्य आपत्तियां जुटा लेना कठिन नहीं है।

''लेकिन अन्य सभी वस्तुएं रूपों से, 'से' के किसी भी सामान्य अर्थ में, जन्म नहीं ले सकतीं। और यह कहना कि ये प्रतिमान हैं और उनमें दूसरी वस्तुओं की साझीदारी है, खोखले शब्दों और काव्यात्मक रूपकों का प्रयोग करने के समान है। कारण कि वह क्या है जो विचारों की ओर उन्मुख होकर कार्यरत होता है ? और कोई वस्तु किसी अन्य की नकल हुए बिना या तो अस्तित्व में हो सकती है या अस्तित्व में आ सकती है। इस तरह सुकरात का अस्तित्व हो या न हो, सुकरात-जैसे किसी मनुष्य का अस्तित्व में आना संभव है; और स्पष्ट है कि अगर सुकरात शाश्वत हो तो भी ऐसा हो सकता है। और किसी भी वस्तु के अनेक प्रतिमान, और इसलिए अनेक रूप हो सकते हैं, उदाहरण के लिए 'पशु' और 'दोपाया' और 'स्वयं मनुष्य' भी मनुष्य के रूप हैं। इसके अलावा रूप इंद्रियगम्य वस्तुओं के ही नहीं, बल्कि स्वयं रूपों के भी प्रतिमान होते हैं ? अर्थात् वंश (जेनस) विभिन्न प्रजातियों के वंश के रूप में ऐसे ही हैं; इसलिए एक ही वस्तु प्रतिमान और प्रतिलिपि, दोनों होती है।

''अब आगे चलें। द्रव्य और जिसका द्रव्य वह है, दोनों का अलग-अलग अस्तित्व असंभव लगता है। तो फिर वस्तुओं का द्रव्य होने के नाते विचारों का अलग अस्तित्व कैसे हो सकता है ? *फेइदो* में इस बात को इस तरह रखा गया है—रूप सत् और संभवन, दोनों के कारण होते हैं; फिर भी रूपों का अस्तित्व होने पर भी उनमें साझीदार वस्तुएं तब तक अस्तित्व में नहीं आतीं जब तक गति पैदा करनेवाला कोई न हो; और अनेक ऐसी दूसरी वस्तुएं अस्तित्व में आती हैं (जैसे घर या अंगूठी) जिनके बारे में हम कहते हैं कि उनके कोई रूप नहीं हैं। इसलिए स्पष्ट है कि दूसरी वस्तुओं का अस्तित्व और संभवन, दोनों अभी-अभी वर्णित वस्तुओं को उत्पन्न करनेवाले कारणों से संभव हैं।

''आगे : रूप अगर संख्याएं हैं तो वे कारण कैसे हो सकते हैं ? क्या इसलिए कि अस्तित्वमान वस्तुएं अन्य संख्याएं होती हैं, जैसे मनुष्य एक संख्या है, सुकरात एक दूसरी संख्या है, और कैलियस एक तीसरी संख्या है ? तो संख्याओं का एक समुच्चय दूसरे समुच्चय (सेट) का कारण कैसे है ? अगर प्रथमोक्त संख्याएं शाश्वत हों और द्वितीयोक्त न हों तो भी कोई फर्क नहीं पड़ता। परंतु अगर ऐसा इसलिए है कि इस इंद्रियगोचर विश्व की वस्तुएं (जैसे, सामंजस्य) संख्याओं के अनुपात होती हैं, तो स्पष्ट है कि वे वस्तुएं जिनकी वे अनुपात हैं, एक ही वर्ग में आएंगी। फिर अगर यह—पदार्थ—कोई निश्चित वस्तु है तो जाहिर है कि स्वयं संख्याएं भी कुछ से कुछ अन्य के अनुपात होंगी। उदाहरण के लिए, अगर कैलियस अग्नि और पृथ्वी और जल और वायु के बीच एक संख्यात्मक अनुपात हो तो उसका 'विचार' भी कुछ अन्य अंतर्निहित वस्तुओं की

एक संख्या होगा; और स्वयं मनुष्य, चाहे वह किसी अर्थ में संख्या हो या न हो, फिर भी स्वयं संख्या न होकर कुछ वस्तुओं का एक संख्यात्मक अनुपात होगा, और न ही यह मात्र एक संख्यात्मक अनुपात होने के ही कारण किसी तरह की संख्या होगा। (अर्थात् विचार किसी अंतर्निहित पदार्थ में एक संख्यात्मक अनुपात होता है। इसे संभवतः किसी प्रकार की संख्या कहा जा सकता है, पर सही अर्थों में यह एक संख्यात्मक अनुपात ही होगा। मगर यह अनुच्छेद बहुत कठिन है और इस पंक्ति तथा इससे पहले की पंक्ति के बीच लगभग पूरी तरह अक्षम्य एक अंतर्विरोध है।—ले.)

''आगे : अनेक संख्याओं से एक संख्या का जन्म होता है, पर अनेक रूपों से एक रूप का जन्म कैसे हो सकता है ? और अगर कोई संख्या अनेक संख्याओं से नहीं बल्कि उनमें निहित इकाइयों से बनती है, जैसे 10,000 में, तो फिर इकाइयों का क्या होगा ? अगर वे विशिष्टतः एकसमान हैं तो इससे अनेक विसंगतियां पैदा होती हैं, और अगर वे एकसमान नहीं हैं (अर्थात् एक ही संख्या की इकाइयां एकसमान नहीं हैं, और न ही दूसरी संख्याओं की इकाइयां परस्पर एकसमान हैं), तो फिर उनमें अंतर किस बात का होगा, क्योंकि वे तो गुणहीन हैं ? यह कोई विश्वसनीय दृष्टिकोण नहीं है, और न ही यह इस विषय पर हमारे विचारों से मेल खाता है।

''आगे : उन्हें संख्याओं की एक अन्य श्रेणी का (वे, जिनसे अंकगणित का सरोकार होता है), और उन सभी वस्तुओं का, जिन्हें कुछ विचारक 'माध्यमिक' वस्तुएं कहते हैं, सहारा लेना चाहिए; और इनका अस्तित्व किस प्रकार संभव होता है या वे किन सिद्धांतों पर आधारित होती हैं ? या फिर वे इस इंद्रियगम्य विश्व की वस्तुओं तथा वस्तुए अपने-आपमें के बीच माध्यमिक क्यों हैं ?

''आगे : 2 में मौजूद इकाइयों में प्रत्येक का उद्गम एक पूर्ववर्ती 2 में होना चाहिए, पर यह असंभव है।

''आगे : कोई संख्या, सभी को एक साथ लेने पर, एक क्यों होती है ?

''आगे : जो कुछ कहा जा चुका है उससे अलग हटकर, अगर इकाइयां विविध हैं तो फिर तो अफलातूनवादियों को उनकी तरह बोलना चाहिए था जो चार, या दो तत्वों की बातें करते हैं। इनमें से प्रत्येक विचारक उसे तत्व का नाम नहीं देता जो, उदाहरण के लिए, काया में सामान्य है, बल्कि अग्नि या पृथ्वी को यह नाम देता है, चाहे उनमें कोई साझी वस्तु–काया–हो या न हो। पर वास्तव में अफलातूनवादी ऐसे बोलते हैं गोया उनका 'एक' अग्नि या जल की तरह समांग हो; और अगर ऐसा है तो संख्याएं तो द्रव्य हो ही नहीं सकतीं। स्पष्ट है कि अगर किसी स्वयं-में-एक का अस्तित्व है और यह प्रथम मूलतत्व है, तो 'एक' का उपयोग एक से अधिक अर्थों में किया जा रहा है; अन्यथा यह सिद्धांत असंभव है।

''जब हम द्रव्यों का उनके मूलतत्वों के रूप में अपचय (रिडक्शन) करना चाहते

हैं तब कहते हैं कि रेखाओं की उत्पत्ति छोटे और लंबे (अर्थात् एक प्रकार के लघु और दीर्घ) से, और तल की चौड़े और संकरे से, और काया की गहरे और छिछले से होती है। तो फिर तल में रेखा का या किसी ठोस में एक तल या एक रेखा का होना किस प्रकार संभव है ? कारण कि चौड़ा और संकरा गहरा और छिछला से अलग एक कोटि है। इसलिए जिस तरह इनमें संख्या उपस्थित नहीं है, क्योंकि 'अनेक' और 'कुछ' इनसे भिन्न हैं, जाहिर है कि ठीक उसी तरह कोई भी अन्य उच्चतर कोटि न्यूनतर कोटि में उपस्थित नहीं हो सकती। मगर फिर 'चौड़ा' ऐसा वंश (जेनस) नहीं जिसमें 'गहरा' शामिल हो, क्योंकि उस हालत में 'ठोस' फिर 'तल' की प्रजाति होता। आगे : रेखा में बिंदुओं की उपस्थिति की व्युत्पत्ति किस सिद्धांत से की जा सकेगी ? अफलातून तो इस कोटि की वस्तुओं पर आपत्ति करते हुए उन्हें ज्यामितीय कल्पना तक कहता था। उसने अविभाज्य रेखाओं को रेखा के सिद्धांत का नाम भी दिया और इसे अक्सर उनके समकक्ष रखा है। फिर भी हर बात की कोई सीमा तो होनी ही चाहिए; इसलिए जिस तर्क से रेखा का अस्तित्व सिद्ध होता है, वही बिंदु का अस्तित्व भी सिद्ध करता है।

"सामान्यतः, हालांकि दर्शनशास्त्र गोचर वस्तुओं के कारण की तलाश का नाम है, फिर भी हमने यही बात छोड़ दी है। (क्योंकि हम उस कारण के विषय में कुछ नहीं कहते जिससे परिवर्तन का आरंभ होता है); मगर जब हम यह खयाल करते हैं कि हम इंद्रियगम्य वस्तुओं के द्रव्य को व्यक्त कर रहे हैं तब हम दोयम दर्जे के द्रव्यों की बातें जोर देकर कह रहे होते हैं, जबकि ये किस प्रकार इंद्रियगम्य वस्तुओं के द्रव्य हैं, इसके बारे में हमारा विवरण खोखली लफ्फाजी होता है क्योंकि, जैसाकि हमने पहले कहा है, 'साझीदारी' का कोई अर्थ नहीं है।

"न ही रूपों का उससे कोई संबंध है जिसे हम कलाओं के मामले में कारण समझते हैं—वह जिनके लिए मन और पूरी प्रकृति (अर्थात् अंतिम कारण—ले.), दोनों ही कार्यरत हैं—यही कारण है जिसे हम प्रथम मूलतत्वों में से एक समझते हैं। परंतु आधुनिक विचारकों के लिए गणित दर्शन का पर्याय बन गया है, हालांकि वे यही कहते हैं कि गणित का अध्ययन अन्य वस्तुओं के लिए किया जाना चाहिए।

"आगे : हो सकता है कोई यह माने कि वह द्रव्य भी जो उनके अनुसार पदार्थ के रूप में अंतर्निहित है, गणितीय है और वह स्वयं पदार्थ न होकर द्रव्य अर्थात् पदार्थ का एक विधेय और विभेदक (डिफरेंशिया) है; अर्थात् भौतिक (वादी) विचारक जिन 'विरल' और 'सघन' की बातें करते हैं और उनको अधःस्तर (सबस्ट्रैटम) के प्राथमिक विभेदक बतलाते हैं (क्योंकि ये एक प्रकार की अधिकता और दोष हैं), उन्हीं की तरह द्रव्य भी दीर्घ और लघु हैं। और गति के बारे में, अगर दीर्घ और लघु को गति होना है तो जाहिर है कि रूपों में भी गति होगी, पर अगर ये गति नहीं हैं तो फिर गति आई कहां से ? इस प्रकार प्रकृति के पूरे विज्ञान को ही नष्ट कर दिया गया है।

"और सभी वस्तुएं एक हैं, यह सिद्ध करने के जिस कार्य को आसान समझा जाता है, उसे तो किया ही नहीं गया है। कारण कि दृष्टांत देने की विधि से जो कुछ सिद्ध होता है वह यह नहीं है कि सभी वस्तुएं एक हैं, बल्कि तमाम पूर्वमान्यताओं को मान लिया जाए तो केवल यही सिद्ध होता है कि स्वयं-में-एक का अस्तित्व है। और अगर हम यह न मानें कि सार्वभौम एक वंश है तो यह भी सिद्ध नहीं होता; और कुछ मामलों में यह माना भी नहीं जा सकता।

"न ही इसकी व्याख्या की जा सकती है कि संख्याओं के बाद जो रेखाएं, तल और ठोस आते हैं उनका अस्तित्व है या हो सकता है, या यह कि उनका महत्व क्या है। कारण कि ये रूप नहीं हो सकते (क्योंकि वे संख्याएं नहीं हैं), न ही ये माध्यमिक वस्तुएं हैं (क्योंकि ये गणित की वस्तुएं हैं), और न ही ये नश्वर वस्तुएं हैं। स्पष्ट है कि इनका एक विशिष्ट, चौथा वर्ग है।

"सामान्य शब्दों में, अगर हम अस्तित्वमान वस्तुओं के तत्वों की तलाश करें और जिन अनेक अर्थों में उनका अस्तित्व बतलाया जाता है उनमें अंतर न करें तो हम उन्हें पा नहीं सकते, खासकर तब जबकि वस्तुएं जिन तत्वों से बनी हैं उनकी तलाश इस ढंग से की जाए। कारण कि 'क्रिया' या 'कर्म पर क्रिया का होना' या 'ऋजु' किससे बना है, इसका पता लगा सकना निश्चित ही असंभव है, परंतु अगर तत्वों की खोज कर भी ली जाए तो पता चलेगा कि वे तो मात्र द्रव्यों के तत्व हैं। इसलिए सभी अस्तित्वमान वस्तुओं के तत्वों की खोज करना या स्वयं को उनका ज्ञाता मानना गलत है।

"और हम सभी वस्तुओं के तत्वों के बारे में जान कैसे सकते हैं ? स्पष्ट है कि कोई भी पूर्वज्ञान हमारा प्रस्थान-बिंदु नहीं हो सकता। कारण कि वह जो ज्यामिति सीख रहा है, हो सकता है कि उसे पहले से अन्य वस्तुओं का ज्ञान हो, पर वह उन वस्तुओं के विषय में कुछ नहीं जानता जिनसे इस विज्ञान का सरोकार है और जिनके बारे में उसे अभी सीखना है। ऐसी ही बात सभी दूसरे मामलों में है। इसलिए अगर सभी वस्तुओं का कोई विज्ञान है, जिसके अस्तित्व का दावा कुछ लोग करते हैं, तो जो व्यक्ति इसे सीखने चला है उसे पहले से किसी बात का पता नहीं होगा। परंतु सारा अधिगम (लर्निंग) उन पूर्वमान्यताओं के द्वारा संभव होता है जो (सारी की सारी या कुछेक) पूर्वज्ञात हों, भले ही यह अधिगम प्रदर्शन के द्वारा हो या परिभाषाओं के द्वारा—क्योंकि परिभाषा के तत्व भी पूर्वज्ञात और पूर्वपरिचित होने चाहिए। आगमन (इंडक्शन) के द्वारा अधिगम भी इसी प्रकार आगे बढ़ता है। परंतु अगर विज्ञान सचमुच अंतर्जात होता तो यह सचमुच बड़ी अजीब बात होती कि महानतम विज्ञान के अपने ज्ञान के प्रति हमें कुछ पता ही नहीं है।

"आगे : कोई यह भला कैसे जाने कि सभी वस्तुएं किससे बनी हैं, और इसे कैसे स्पष्ट किया जाए ? यहां भी एक कठिनाई पेश आती है, क्योंकि मतभेद भी हो सकता

है जैसे कुछ वर्णों के विषय में होता है—कुछ लोग कहते हैं कि 'क्ष' तो 'क्', 'श्' और 'अ' से बना है, जबकि दूसरे इसे एक अलग ध्वनि मानते हैं जो परिचित ध्वनियों में से नहीं है।

"आगे : अगर कोई विशेष इंद्रिय हमारे पास नहीं है तो हम उसके कर्मों के विषय में कैसे जानें ? फिर भी, जिस तरह ध्वनि के तत्वों से बनी जटिल ध्वनियों की रचना होती है, उसी तरह सभी वस्तुएं जिन तत्वों से बनी हैं अगर वे एक ही हैं, तो हमें जानना तो पड़ेगा ही।

"इस प्रकार, जो कुछ हमने अभी तक कहा है, उसी से स्पष्ट है कि सभी लोग *फिजिक्स* में बतलाए गए कारणों की तलाश में ही लगे नजर आते हैं, और यह कि इनसे अलग किसी कारण का नाम हम नहीं बतला सकते। पर वे उनकी तलाश अस्पष्ट ढंग से करते हैं, और हालांकि एक अर्थ में उन सब कारणों का वर्णन पहले ही किया जा चुका है, फिर भी एक अर्थ में उनका वर्णन तो हुआ ही नहीं है। कारण कि आरंभिकतम् दर्शनशास्त्र, सभी विषयों की विवेचना के मामले में, तुतलानेवाले बच्चे की तरह है, क्योंकि वह अभी छोटा और अपने आरंभकाल में है। एम्पेदोक्लीज़ तक भी यह कहता है कि किसी हड्डी का अस्तित्व उसमें उपस्थित अनुपात के कारण होता है। इस वस्तु का सत्व और द्रव्य यही है। पर यह भी इसी तरह अनिवार्य है कि मांस और दूसरा प्रत्येक ऊतक अपने तत्वों का अनुपात हो, या यह कि उनमें कोई भी यह न हो; कारण कि मांस और हड्डी और अन्य हर वस्तु का अस्तित्व अगर है तो इसी आधार पर, न कि पदार्थ के आधार पर जिसके नाम उसने अग्नि और पृथ्वी और जल और वायु बतलाए हैं। अब अगर उससे कोई दूसरा यही बात कहता तो वह निश्चित ही इससे सहमत हो जाता, मगर उसने स्वयं यही बात स्पष्ट रूप से नहीं कही है।

"इन प्रश्नों पर हम पहले अपने विचार प्रकट कर चुके हैं; किंतु हमें उन कठिनाइयों का उल्लेख करना चाहिए जो इन मुद्दों पर उपस्थित हो सकती हैं; क्योंकि हम शायद अपनी परवर्ती कठिनाइयों में उनसे कुछ मदद ले सकें।"

एपिक्यूरसवाद एवं यूनानी-रोमन चिंतन पर फेरिंग्टन के विचार

"सहकालिकता और यूनानी जीवन एवं बौद्धिकता के सामान्य पतन की दृष्टि से यूनानी दर्शनशास्त्र की उर्वरा शक्ति अरस्तू के साथ ही चुक गई थी। प्लेटो और अरस्तू के महान एवं सार्वभौमिक दर्शन पद्धतियों के स्थान पर अब एकपक्षीय आत्मनिष्ठ पद्धतियां मिलती हैं जो आत्मनिष्ठ एवं वस्तुनिष्ठ संसार के बीच सामान्य दरार को दर्शाती हैं जो सिकंदर महान के पश्चात के यूनान के राजनीतिक, धार्मिक एवं सामाजिक जीवन के अंतिम युग के लक्षण हैं।"[50]

यह है दर्शनशास्त्र के इतिहासकारों की आम धारणा जो अरस्तू-पश्चात के यूनानी चिंतन में ध्यान देने योग्य कुछ पाते ही नहीं। स्टेस शब्दाडंबर की शरण लेते हैं : "यूनान महान और स्वाधीन देश नहीं रह गया था। उसकी जीवन-शक्ति घटती जा रही थी। कोई-न-कोई विजेता उसे जीत ही लेता। यूनान बूढ़ा होता जा रहा था। यूनानियों को युवा और बलवान जातियों के लिए मार्ग छोड़ना ही पड़ा। इस बात को बहुत समय नहीं हुआ जब यूनान एक विदेशी दासत्व से दूसरे विदेशी दासत्व का बोझ ढोता हुआ रोमन रियासत मात्र बनकर रह गया था।"[51] स्टेस के अनुसार राजनीतिक स्थिति तो भयावनी थी। "दीर्घकाल से अमान्य हो चुकी दार्शनिक पद्धतियों को पुनर्जीवित किया जा रहा है, और बड़े विजय-गर्व के साथ उनकी मृत अस्थियों का जुलूस निकाला जा रहा है। स्टोइक्स हेराक्लाइटस की बात करने लगे हैं और एपिक्यूरस देमोक्राइटस के परमाणुवाद को पुनर्जीवित करने में लगा है।"[52]

अरस्तू के पश्चात यूनानी दर्शन एवं जीवन में आम पतन को स्वीकार करते हुए भी उपरोक्त शब्दाडंबरपूर्ण धारणा से हम सहमत नहीं हो सकते। कोई भी समाज, कोई भी सभ्यता प्राणि या वनस्पति जगत की भांति नैसर्गिक नियम द्वारा वृद्धि को प्राप्त होकर जीर्ण नहीं होती। किसी भी सभ्यता को खोखला करनेवाले कारण उसी के भीतर पनपते हैं और उसकी जीवनी शक्ति को चूस लेते हैं। प्राचीन यूनान में दासप्रथा का विकास वह कारण बना जिसने न केवल शासित अपितु शासक को भी पतन के मार्ग पर ला

खड़ा किया। फेरिंग्टन बड़े ही सुंदर एवं संक्षिप्त ढंग से उस स्थिति का निरूपण करते हैं जिसने प्राचीन यूनान के वैभव को दूषित किया और उसे लगभग नष्ट ही कर दिया :

"प्राकृतिक दर्शन से राजनीति एवं नैतिकता की ओर रुचि-परिवर्तन के साथ अरस्तू का नाम जुड़ा है। रुचि का यह परिवर्तन सामाजिक स्थिति में परिवर्तन को दर्शाता है। अपने नैसर्गिक पर्यावरण पर हावी होनेवाले आत्मविश्वासी मानव की परिकल्पना एक सामाजिक संकट के कारण समाप्त हो गई थी। यह संकट उत्पन्न हुआ था दासप्रथा के कारण। उस समय तक यूनानियों ने प्रकृति के ऊपर इतना प्रौद्योगिक आधिपत्य प्राप्त कर लिया था कि एक अल्पसंख्यक समूह अवकाश का जीवन बिता सकता था। साथ ही यूनान की भौगोलिक सीमाओं में विस्तार के कारण विजित देशों से दासों की प्राप्ति की संभावनाएं भी बढ़ीं। दासप्रथा अब एक घरेलू एवं निरर्थक प्रथा न रहकर एक ऐसा सुनियोजित प्रयास हो गई थी जिसका लक्ष्य बोझा ढोने, खनन-कार्य, अनेक कृषि एवं औद्योगिक प्रक्रियाओं के उत्तरदायित्व का बोझ विदेशी दासों पर डाल देना था। नागरिक की परिभाषा थी वह व्यक्ति जो अपने हाथ से काम न करे, और इसके पीछे यह सिद्धांत था कि श्रम करने का कार्य तो प्रकृति ने उन जातियों को सौंपा है जो नागरिकता के अयोग्य हैं और केवल श्रम करने के ही उपयुक्त हैं. ...

"इसके अन्य बुरे परिणाम भी हुए। दासप्रथा के कारण धनी और अधिक धनी और निर्धन और अधिक निर्धन होते गए। संपदा उन लोगों के हाथ में संचित होती गई जिनके पास दासों के व्यापार में लगाने के लिए पर्याप्त धन था। इसके कारण धनी और निर्धन दोनों में ही प्रकृति के विरुद्ध उद्यम करने की प्रवृत्ति समाप्त होने लगी। निर्धन नागरिक के सामने भी नागरिकता का वही आदर्श था और वह भी श्रम से बचता था। अतः निर्धन नागरिकों का एक सर्वहारा वर्ग बना जो आज के सर्वहारा वर्ग से इस बात में भिन्न था कि वह श्रम-प्रक्रिया से नितांत कटा हुआ था। प्रायः वह निरर्थक और परजीवी जीवन व्यतीत करता था। समाज ने उसे इस योग्य ही नहीं बनाया कि वह प्रकृति पर हावी हो सके। स्वत्वहीन एवं लक्ष्यहीन निर्धन नागरिक भी दास की पीठ पर सवारी करना चाहता था। समाज अपना वह लक्षण खोता जा रहा था जिससे वह साझे उत्पादन में नागरिकों का संगठन होता, अपितु वह एक ऐसा अखाड़ा बन गया था जिसमें धनी और निर्धन नागरिक दासों द्वारा किए गए उत्पादन के लिए लड़ते रहते थे। ये थीं वे सामाजिक परिस्थितियां जिनके अंतर्गत यूनानियों की रुचि नैसर्गिक दर्शनशास्त्र से हटकर राजनीति एवं नैतिकता में होने लगी थी, अर्थात सामाजिक संगठन प्रकृति पर हावी होने के स्थान पर एक असमाप्य निरर्थक गृहयुद्ध में जुट गया था।"[53]

तो यह है वह वास्तविक कहानी जिसे स्टेस अपनी शब्दाडंबरपूर्ण शैली में यूनानी सभ्यता का बुढ़ा जाना कहते हैं। यदि शब्दाडंबर का प्रयोग करना ही है तो कहा जा सकता है कि यूनानी समाज दासप्रथा के मारक वाइरस से ग्रस्त हो गया था।

स्टेस के एक अन्य कथन से भी सहमत नहीं हुआ जा सकता जिसमें वे एपिक्यूरसवादियों की बात करते हैं। उनका कथन है कि एपिक्यूरस ने देमोक्राइटस के दीर्घकाल से अमान्य हो चुके दर्शनशास्त्र को पुनर्जीवित किया और उनके अनुयायियों ने इस दर्शनशास्त्र की अस्थियों की शोभायात्रा निकाली।

पहली बात तो यह कि देमोक्राइटस का परमाणु सिद्धांत जिसे एपिक्यूरस ने उठाया, प्लेटो के तीव्र प्रहारों के बावजूद जीवित था। अपितु इसमें तो इतनी जीवनी शक्ति शेष थी कि यह यूनानी विचारकों द्वारा विकसित भौतिक संसार का निरूपण कर सकता, यहां तक कि आधुनिक विज्ञान के विकास के साथ वैज्ञानिक इसी सिद्धांत की मूलभूत धारणाओं की ओर उन्मुख हुए, यद्यपि उन्होंने इसे दूसरे दृष्टिकोण से देखा। कॉर्नफर्ड का यह कथन अतिशयोक्तिपूर्ण प्रतीत हो सकता है कि "परमाणुवाद एक विशद परिकल्पना थी। आधुनिक विज्ञान ने इसे पुनरुज्जीवित करके रसायन एवं भौतिकी के क्षेत्र में अत्यन्त महत्वपूर्ण खोजें की हैं।"[54] इसी बात को फेरिंग्टन अन्य ढंग से कहते हैं किंतु इससे इसका गंभीर महत्व कम नहीं होता। फेरिंग्टन का कथन है : "परमाणुवाद एक विशद परिकल्पना थी; आधुनिक रसायन वैज्ञानिक खोजों ने इसे पुनर्जीवित कर दिया।"[55] पुनरुज्जीवित होने की बात ज्यों की त्यों स्वीकार करने पर भी, कोई सायास प्रक्रिया नहीं थी। फिर भी, आधुनिक वैज्ञानिक खोजों का परमाणुवादी परिकल्पना की आधारभूत धारणाओं के प्रति आकर्षित होना इस बात का प्रमाण है कि यह सिद्धांत निःसत्व नहीं हुआ था। इसका दमन करने के प्रयास किए गए। अतः इसमें इतनी जीवनी शक्ति तो अवश्य रही होगी कि यह आगे आनेवाले वैज्ञानिकों को, जाने या अनजाने, अपनी आधारभूत धारणाओं की ओर आकृष्ट कर सका।

दूसरे, और यह बात विरोधाभासात्मक लग सकती है कि, भौतिकी या रसायनशास्त्र के क्षेत्र में नहीं अपितु धर्मशास्त्र के रूप में समाजशास्त्र के क्षेत्र में परमाणुवाद ने अपनी विशिष्ट शक्ति, यहां तक कि क्रांतिकारी उत्साह प्रदर्शित किया जब आगे चलकर यह यूनानी-रोमन काल में एक नई जीवनी शक्ति से अनुप्राणित होकर फला-फूला। इस बात को फेरिंग्टन ने अपने निबंध 'द गॉड्स आफ एपिक्यूरस ऐंड द रोमन स्टेट' में भलीभांति दर्शाया है। यह निबंध उनकी रचना *हेड ऐंड हेड्स इन एंशिएंट ग्रीस* के चौथे एवं अंतिम अध्याय का भाग है। यूनानी दर्शनशास्त्र के विद्यार्थी को यह निबंध बार-बार पढ़ना चाहिए क्योंकि उन्हें यही बताया जाता रहा है कि एपिक्यूरसवादी फूहड़ भोगवादी एवं कलावादी थे। दुर्भाग्य से यहां इतना स्थान नहीं है कि विस्तारपूर्वक इसकी चर्चा कर सकें। अतः यहां इसका सारांश ही प्रस्तुत करेंगे जिसमें उन बातों पर विशेष बल दिया जाएगा जो इसकी मूल स्थापना का आधार हैं।

अपने निबंध का आरंभ फेरिंग्टन सिसेरो (ई.पू.106-43) के एक कथन से करते हैं। सिसेरो महान रोमन वक्ता था और दर्शनशास्त्र के क्षेत्र में प्लेटोवाद का अनुयायी। उसका दावा था कि उसने ही सर्वप्रथम रोम का परिचय दर्शनशास्त्र से कराया था। साथ

ही उसे इस बात का दुख भी था कि उस समय इटली में एक दर्शनशास्त्र प्रचलित था जिसे वह फूहड़ और असंस्कृत समझता था। यह एपिक्यूरस का दर्शनशास्त्र था जो ऐमेफिनियस के अनुवाद द्वारा रोमवासियों को सुलभ हुआ था। सिसेरो को इस बात का दुख था कि रोमवासी सुकरात के दर्शनशास्त्र से पहले परिचित नहीं हुए और "सुकरात की परंपरा के अनुयायियों के इस मौन द्वारा छोड़ा गया शून्य भरा एपिक्यूरसवादी **गायस ऐमेफिनियस** की वाणी ने। उसकी रचनाओं के प्रकाशित होने से जनसामान्य में रुचि जाग्रत हुई और वे किसी मान्य दर्शनशास्त्र को छोड़कर उसी के बताए दर्शनशास्त्र को मानने लगे। इसका कारण या तो यह था कि यह दर्शनशास्त्र समझने में सरल था या कि यह सुख भोग की लुभावनी सीख देता था, अथवा इसका कारण यह भी हो सकता है कि कोई अन्य श्रेष्ठ दर्शनशास्त्र उपलब्ध न होने की स्थिति में जो कुछ उपलब्ध था लोगों ने उसी को अपना लिया।"[56]

उपरोक्त विवरण से स्पष्ट है कि सिसेरो यूनानी-रोमन संसार में एपिक्यूरसवाद की लोकप्रियता से भलीभांति परिचित था। "अतः स्पष्ट है कि सिसेरो से पूर्व रोम में एपिक्यूरसवादी दर्शनशास्त्र की परंपरा व्यापक रूप से स्थापित हो चुकी थी, जो यूनानी पुस्तकों के साथ ही लैटिन पुस्तकों पर भी आधारित थी। अतः यह कहना अधिक उचित होगा कि सिसेरो का लक्ष्य रोम का परिचय दर्शनशास्त्र से नहीं अपितु एक ऐसे दर्शनशास्त्र से कराना था जो एपिक्यूरसवादी दर्शनशास्त्र का प्रतिद्वंद्वी था।"[57]

किंतु ऐमेफिनियस के अनुवाद से कहीं अधिक महत्वपूर्ण थी लुक्रेशियस की कविता *आन दि नेचर आफ थिंग्स*। लुक्रेशियस सिसेरो का एपिक्यूरसवादी समकालीन था। एपिक्यूरसवाद एवं सामान्य प्राकृतिक दर्शन से संबंधित जो भी ज्ञान हमें प्राप्त है उसका मुख्य स्रोत लुक्रेशियस ही है। सिसेरो जानबूझकर लुक्रेशियस का उल्लेख नहीं करता, जैसाकि परवर्ती शोधों से ज्ञात होता है। "लुक्रेशियस को खतरनाक एवं अधर्मी माना जाने लगा था। दस वर्षों में ही वह निराहतों की श्रेणी में सम्मिलित हो गया था।"[58]

किंतु इसका कारण क्या था ? "सत्रहवीं शती में गसांदी की मान्यता थी कि एपिक्यूरस ने विशेष रूप से शुद्ध धर्म का उपदेश किया था, भले ही वह दोषपूर्ण रहा हो। धर्म के वात्सल्य एवं दास्य तत्वों के बीच अंतर स्पष्ट करते हुए गसांदी का कहना था कि दास्य तत्व वे हैं जो मानव एवं देवताओं के बीच लेन-देन से संबंधित हैं, वात्सल्य तत्व में शुद्ध भक्ति रहती है। गसांदी का कहना था कि एपिक्यूरस में धर्म के दास्य तत्वों का ही अभाव है। अतः गसांदी को प्राप्त प्रमाणों के आधार पर यह कहना कठिन है कि क्यों इतने प्राचीन धार्मिक विचारक नास्तिक कहकर एपिक्यूरस की भर्त्सना करते हैं। नए प्रमाण मिलने पर तो यह समस्या और गंभीर प्रतीत होती है।"[59]

यह नया प्रमाण है जेनसन द्वारा 1933 में एपिक्यूरस के चौथे पत्र की खोज। इसके पूर्व एपिक्यूरस के तीन पत्र ही उपलब्ध थे। यहां इस चौथे पत्र के विस्तृत विश्लेषण में जाने की आवश्यकता नहीं है। यह विश्लेषण पहले तीन पत्रों की सामग्री

के अनुरूप है। इसमें हमारी रुचि का विषय यह है कि यह पत्र एपिक्यूरसवादी दर्शनशास्त्र या कहें धर्ममीमांसा पर नया प्रकाश डालता है। ऐसा प्रतीत होता है कि इसमें कुछ ऐसे क्रांतिकारी निहितार्थ थे जो तत्कालीन यूनानी-रोमन संसार की राजनीति को प्रभावित करते थे। कदाचित एपिक्यूरसवाद का यही क्रांतिकारी निहितार्थ जनसामान्य को अपनी ओर आकर्षित कर रहा था जिसके संबंध में सिसेरो ने शिकायत की है।

सर्वप्रथम हम आधुनिकतम शोधों द्वारा उपलब्ध कराए गए एपिक्यूरसवादी दर्शनशास्त्र का सार जान लें।

सामान्य धारणा के अनुसार एपिक्यूरसवादियों को प्रकटतः न सही तो प्रच्छन्न रूप से नास्तिक माना जाता है। माना जाता है कि उन्होंने ही सर्वप्रथम यह धारणा प्रचलित की कि "भय ने ही सर्वप्रथम संसार में देवताओं की रचना की।" किंतु एपिक्यूरसवाद के संबंध में यह धारणा सद्यः शोधों की कसौटी पर खरी नहीं उतरती। वस्तुतः एपिक्यूरस ने तो यह बताया कि भय के द्वारा लोगों में देवताओं संबंधी भ्रांत धारणाएं फैलाई जा रही हैं। या अधिक स्पष्ट कहें तो शासक वर्ग का भय जिसका कारण था एक ऐसा जनसमुदाय जिसका मोहभंग हो चुका था और जो अब दबकर रहने के लिए तैयार नहीं था।

अंततः ये एपिक्यूरसवादी किस बात की शिक्षा देते थे ? यहां हम पुनः फेरिंग्टन से एक लंबा उद्धरण प्रस्तुत करते हैं :

"एपिक्यूरसवाद वस्तुतः देवताओं की सत्ता में आस्था रखते थे और इस आस्था का भी कारण वही था जो अन्य भौतिक पदार्थों में आस्था रखने का था। उन्हीं के शब्दों में कहें तो वे उन्हें स्पष्ट देखते थे। किंतु उनकी आस्था यहीं समाप्त नहीं होती थी। उनकी धारणा थी कि केवल शुद्ध चित्तवाले लोग ही दिव्य अस्तित्व से निःसृत होनेवाले बिंबों को ग्रहण कर सकते हैं। दुष्ट मनुष्यों के चित्त में प्रवेश करने पर ये बिंब विकृत हो जाते हैं और देवताओं की प्रकृति के संबंध में भ्रांत संकल्पनाओं को जन्म देते हैं। कोई सच्चा दर्शनशास्त्र ही हमें इनसे बचा सकता है।

"इसमें मूल दोष यह है, जैसाकि लुक्रेशियस अपने पांचवें खंड में बताता है, कि देवताओं में प्राकृतिक प्रक्रियाओं का आरोपण किया गया है। यह मानना भूल है कि देवताओं की कल्याणकारी शक्ति प्रकृति के नियमित कार्यकलाप का नियमन एवं नियंत्रण करती है। साथ ही यह धारणा भी उतनी ही भ्रामक है कि आंधियां, भूकंप, महामारी इत्यादि अनियमित घटनाएं देवताओं के कोप का परिणाम हैं। *भय देवताओं को जन्म नहीं देता, अपितु देवताओं की भ्रांत संकल्पना भय को जन्म देती है।* और, यह निराधार भय ही लोगों में झूठा धर्म फैलाने के लिए उत्तरदायी है। वह यह भय ही है जिसके कारण महान राष्ट्रों में देवताओं की पूजा प्रचलित हुई एवं नगरों में (पूजा) वेदियों की भरमार हो गई और तथाकथित पवित्र अनुष्ठान किए जाने लगे, अनुष्ठान जिन्हें आज पावन अवसरों एवं पावन स्थानों पर किए जाने का प्रचलन हो गया है। इस भय की

वृद्धि होती रहती है 'क्योंकि इन अनुष्ठानों के कारण नश्वर मानवों में आज भी भय बना हुआ है जिसके फलस्वरूप संसार-भर में देवताओं के नए-नए मंदिर बनाए जा रहे हैं और उत्सवों के अवसर पर लोग वहां उमड़ पड़ते हैं।'

"स्पष्ट है एपिक्यूरसवादी यह खतरनाक जनतांत्रिक धारणा फैला रहे थे कि देवता लोगों के बनाए मंदिरों में नहीं रहते, भले ही वह मंदिर राज्य द्वारा ही निर्मित क्यों न हो, यदि इसे बनाने का ठेका सबसे कम कीमत की निविदा प्रस्तुत करनेवाले को दिया गया हो और हजारों दासों ने इसके निर्माण में श्रम किया हो। पूजा-अनुष्ठानों में एपिक्यूरसवादियों की आस्था नहीं थी और उनका विचार था कि धूपबत्ती की दुर्गंध, बलिवेदी के धूम और वृषभों के रक्त के अभाव में देवता प्रसन्न ही होंगे। उनका यह भी विचार था कि इस सबकी निरर्थकता समझ लेने पर मानव कहीं अधिक सुखी होंगे। अत: आवश्यकता है एक व्यापक प्रकृति के स्वरूप के सिद्धांत की।"[60]

अब हम इस बात को भली प्रकार समझ सकते हैं कि क्यों रोमन कवि लुक्रेशियस ने अपनी कविता का शीर्षक *आन दि नेचर आफ थिंग्स* चुना। हम यह भी भली प्रकार समझ सकते हैं कि क्यों हेरोजेटस को लिखे अपने पत्र में एपिक्यूरस ने लिखा :

"इसके अतिरिक्त यह भी नहीं सिखाया जाना चाहिए कि आकाशीय पिंडों के भ्रमण और ग्रहण, उनका उदित और अस्त होना, और इसी प्रकार की अन्य परिघटनाएं किसी ऐसी सत्ता के कारण होती हैं जो इनको नियंत्रित और निर्दिष्ट करती है या जिसने इन्हें निर्दिष्ट किया है और जो साथ ही अमरत्व की भोक्ता भी है"। साथ ही, हमें यह भी नहीं मानना चाहिए कि ये (आकाशीय पिंड) जो अग्नि पिंड मात्र हैं, दिव्य हैं और वे स्वेच्छया गतिशील होते हैं। अपितु, हमें तो देवताओं की संकल्पनाओं के विषय में प्रयुक्त होनेवाले 'दिव्यता' इत्यादि शब्दों की महिमा-महत्व बनाए रखना चाहिए ताकि कोई ऐसी धारणा उत्पन्न न हो जो उनकी महिमा के विपरीत हो। अन्यथा यह विसंगति ही लोगों की आत्माओं में महान क्लेश उत्पन्न कर देगी।"[61]

अत: एपिक्यूरस इस बात के लिए संघर्ष कर रहा था कि लोगों को आत्मा के क्लेश से बचाया जाए। यह क्लेश देवताओं संबंधी इस भ्रांत भय से उत्पन्न होता है कि देवता प्राकृतिक आपदाएं इत्यादि उत्पन्न कर मानव की नियति को प्रभावित कर सकते हैं। इस प्रकार क्लेशयुक्त आत्मा ईश्वर के सच्चे स्वरूप को समझने में असमर्थ हो जाती है। जैसाकि लुक्रेशियस समझाता है :

"जिन्हें भली प्रकार यह सिखाया गया है कि देवता निश्चिंत जीवन बिताते हैं, वे भी यदि सोचें कि संसार में सभी वस्तुओं का संचालन किस प्रकार होता है, विशेषकर वे वस्तुएं जो वायवी सीमाओं के भीतर दिखाई देती हैं, तो वे पुन: धर्मभीरु हो जाते हैं और अपने निर्दयी स्वामियों के प्रति समर्पित हो जाते हैं, जिन्हें ये अभागे सर्वशक्तिमान समझने लगते हैं। वे नहीं जानते कि क्या हो सकता है और क्या नहीं; संक्षेप में, प्रत्येक वस्तु की शक्ति और दृढ़ सीमा किस सिद्धांत पर आधारित है, और इस कारण वे अंधतर्क

द्वारा अपने लक्ष्य से और दूर होते जाते हैं। जब तक आप घृणापूर्वक अपने मन से इन सब बातों को निकाल नहीं देते, और उन सब बातों में आस्था रखना नहीं छोड़ देते जो देवताओं के लिए अपमानजनक एवं उनकी शांति के प्रतिकूल हैं, तब तक पवित्र देवता, आपके द्वारा अपनी महिमा घटने के कारण, आपको प्राय: ही क्षति पहुंचाएंगे। ऐसा नहीं है कि ईश्वरीय शक्ति इतनी क्रुद्ध होती है कि वह आपसे प्रतिशोध लेने पर कटिबद्ध हो जाती हो, अपितु इस कारण कि आप स्वयं यह कल्पना करने लगेंगे कि स्वयं शांतिप्रिय होते हुए भी देवता आपके लिए क्रोधाग्नि भड़का सकते हैं, न ही आप शांतचित्त होकर देव-मंदिरों में जा पाएंगे और न ही शांतचित्त से देवताओं की उस छवि को अपने मन में उतार पाएंगे जो देवताओं के दिव्य स्वरूप के सूचक के रूप में उनके पवित्र शरीर से लोगों के मन में उतरती है। इसके पश्चात आपका जीवन कैसा होगा, इसकी कल्पना सहज ही की जा सकती है।"[62]

हम यहां यह कहने का लोभ संवरण नहीं कर सकते कि यह एक विलक्षण दर्शनशास्त्र था जिसमें एक गंभीर धर्ममीमांसा को वैज्ञानिक दृष्टिकोण का आधार बनाया गया था जिसका लक्ष्य था लोगों को निडर बनाना और यह किया गया ईश्वर अथवा देवताओं की संकल्पना को शुद्ध करके। एपिक्यूरसवादियों की दृष्टि में देवता पूर्णरूपेण कल्याणकारी हैं और उनकी कल्याणकारिता इस बात पर निर्भर नहीं होती कि लोग उनके लिए मंदिर बनाते और उनकी पूजा-उपासना करते हैं या नहीं, या अभिचार और ऐसे ही अन्य छोटे या बड़े अनुष्ठानों द्वारा उन्हें प्रसन्न करने का प्रयास करते हैं या नहीं।

इस प्रकार स्पष्ट है कि भय देवताओं की रचना नहीं करता। इसके विपरीत सच यह है कि झूठे देवताओं का भय ही लोगों को घुटने टेकने एवं हाथ जोड़ने के लिए बाध्य करता है ताकि लोग सत्ताधारियों के सामने गर्वपूर्वक खड़े न हो सकें, सत्ता को उलझन में डालनेवाले अटपटे प्रश्न न उठाएं और पूर्णरूपेण आज्ञाकारी बने रहें।

एपिक्यूरसवादी दृष्टि से अगला प्रश्न सामाजिक रूप से यही होगा कि क्या वे देवताओं के इस झूठे भय को मानव-मन की दुर्बलता का स्वाभाविक परिणाम मानते हैं, या इसके पीछे वे किसी सुनियोजित षड्यंत्र का हाथ देखते हैं जो प्रयत्नपूर्वक लोगों में यह भय उत्पन्न करता है।

इसका सर्वोत्तम उत्तर फेरिंग्टन ने दिया है। इसे हम विस्तारपूर्वक उद्धृत करेंगे। यह ग्रंथ में मिलनेवाली एवं ऐतिहासिक सामग्री का कुशल विश्लेषण ही नहीं है अपितु सायास की जानेवाली धार्मिक धोखाधड़ी के सामाजिक-राजनीतिक प्रकाय का सुन्दर विवेचन भी है। फेरिंग्टन का कथन है :

"यह धारणा कि धर्म राजनीतिक आविष्कार है, एपिक्यूरस से बहुत पूर्व ही यूनान में प्रचलित थी। प्लेटो के समकालीन आइसोक्रेटीज इस धारणा से भलीभांति परिचित था, किंतु इसकी पूर्ण अभिव्यक्ति प्लेटो के अल्पतंत्री झक्की शासक चाचा क्रिटियास के नाटक *सिसिफस* में हुई। उसकी धारणा थी कि कानूनी दंड से केवल खुली हिंसा का

ही सामना किया जा सकता है और यह उन अपराधियों का कुछ नहीं बिगाड़ सकता जो पकड़े जाने से बच जाते हैं। अत: किसी चतुर विधायक ने संसार में सर्वज्ञ देवताओं में आस्था का चलन किया। कितने भी गुप्त कर्म, वचन या विचार क्यों न हों, इन सर्वज्ञ देवताओं की दृष्टि से बच नहीं सकते। क्रिटियास का कहना है कि उसने (विधायक ने) हमें बताया कि देवता वहां रहते हैं जहां उसका विचार था कि देवताओं के रहने से लोग सबसे अधिक डरते हैं—हमारे सिर के ऊपर तने हुए वितान में, जहां से सहायता या विनाश आता है, सूर्य, चंद्रमा और तारों का प्रकाश आता है, या बिजली की गड़गड़ाहट आती है, सुहानी वर्षा या वज्रपात होता है। मेरे विचार से इसी प्रकार सबसे पहले किसी व्यक्ति ने नश्वर मानवों को यह विश्वास दिलाया होगा कि देवताओं का अस्तित्व है।

"यह धारणा अपने युग में अठारहवीं शती तक प्रचलित थी, फिर भी एपिक्यूरसवादी इसे बचकानी मानते थे। उनमें तीव्र इतिहास-बोध था और वे यह मानने को तैयार न थे कि किसी काल्पनिक विधायक ने ऐसी व्यवस्था बनाकर अपने साथियों पर आरोपित कर दी होगी। इसके स्थान पर, जैसाकि हम लुक्रेशियस में देख चुके हैं, उनकी धारणा थी कि देवताओं का अस्तित्व है और उन्होंने यह बताया कि प्राकृतिक आपदाओं एवं इन देवताओं के बीच किसी प्रकार का संबंध मानना एक स्वाभाविक भूल है और मानव-चित्त सहज ही इसका शिकार हो सकता है यदि कोई सच्चा दर्शनशास्त्र उसकी रक्षा न करे। किंतु जहां एपिक्यूरसवादी इन दोनों ही धारणाओं को अस्वीकार करते थे कि भय देवताओं को जन्म देता है या कि केवल नीतिगत कारणों से मानवों को देवताओं से भयभीत होना सिखाया गया, फिर भी वे इस बात से अनभिज्ञ नहीं थे कि मानव के इस स्वाभाविक भय से लाभ उठाने में कुछ लोगों की रुचि हो सकती है। वे जानते थे कि लोगों को अंधविश्वास से मुक्त कराने के इस स्वेच्छया उठाए गए कार्य में उन्हें विरोध का सामना करना पड़ेगा। वे यह भी जानते थे कि वे किसी भूल का ही नहीं अपितु एक झूठ का प्रत्याख्यान करने जा रहे हैं। अत: *आन दि नेचर आफ थिंग्स* के प्रथम खंड में **रिलिजियो** के अंत में लुक्रेशियस **ममीयस** को संबोधित करते हुए कहते हैं :

'तुम स्वयं भी कभी न कभी भविष्यद्रष्टाओं की भयावनी कहानियों से आक्रांत होकर हमसे नाता तोड़ लेना चाहोगे क्योंकि निस्संदेह वे तुम्हारे लिए इतने स्वप्नों की कल्पना कर सकते हैं कि तुम्हारे जीवन का सारा लेखा-जोखा गड़बड़ा जाए और तुम्हारे भाग्य को भयाक्रांत कर डाले और उनके पास ऐसा करने का कारण है, क्योंकि यदि लोग जान जाएं कि उनके दुखों की निश्चित सीमा है तो वे किसी प्रकार धर्मभीरुता एवं भविष्यद्रष्टाओं की धमकियों का सामना कर जाएंगे। किंतु जैसी स्थिति है उसमें सामना करने का कोई मार्ग नहीं है क्योंकि वे मृत्यु-पश्चात अनंत दुखों के भय से आक्रांत हैं।'

"निस्संदेह, यहां इस बात का अनुमान करने का स्थान है कि भय का धर्म सिखानेवाले वे द्रष्टा कौन थे जिनके निहित स्वार्थों को एपिक्यूरस की नई धर्ममीमांसा से खतरा उत्पन्न

हुआ। और, जैसाकि लुक्रेशियस के संबंध में हर कहीं सत्य है, पूछा जा सकता है कि हमारे विवेचन का संबंध रोमन जीवन की किसी परिघटना से है या यूनानी परिस्थितियों के संदर्भ से, जिसे एपिक्यूरस के लेखन से ज्यों का त्यों उतार दिया गया है। चूंकि आम धारणा के अनुसार *रिलिजियो* एवं मृत्यु-पश्चात् दंड का सिद्धांत एपिक्यूरस से ज्यों का त्यों लिया गया है जो दो सौ वर्ष पूर्व के यूनानी जीवन को दर्शाता है, और जिसकी लुक्रेशियसकालीन रोमन जीवन में कोई प्रासंगिकता नहीं है और चूंकि निष्कर्ष यदि सत्य है तो लुक्रेशियस एवं उनके लेखन के संबंध में हमारी संपूर्ण दृष्टि को ही प्रभावित करेगा, अतः इसका ध्यानपूर्वक परीक्षण करना आवश्यक है।

''पोलीवियस की राय में, और वह सोच-समझकर ही कह रहा होगा, इन दो भ्रामक धारणाओं, जिनके विरुद्ध एपिक्यूरस और बाद में लुक्रेशियस ने संघर्ष किया, देवताओं के भय और मृत्यु-पश्चात् जीवन में आस्था को प्रचारित करके ही रोमन राज्य ने वह श्रेष्ठता प्राप्त की थी जिसका वह दावा करता था।

'''मैं कहना चाहता हूं कि शेष मानवजाति जिसका उपहास करती है वही अर्थात् अंधविश्वास रोमनों की महानता का आधार है। यह तत्व उनके निजी एवं सार्वजनिक जीवन के प्रत्येक पक्ष में इस चतुराई से डाल दिया गया है कि कल्पना अभिभूत हो उठे और इस सीमा तक जिससे अधिक होना संभव नहीं। अनेक लोग कदाचित् इस बात को समझ नहीं पाएंगे, किंतु मेरी धारणा है कि यह सब जनसामान्य को प्रभावित करने के लिए किया गया है। यदि ऐसा संभव होता कि किसी राज्य में सभी लोग दर्शनशास्त्री होते तो कदाचित् इस प्रकार की बात की अवहेलना की जा सकती थी। किंतु जनसामान्य हरेक राज्य में चंचल, उच्छृंखल इच्छाओं, अनुचित क्रोध एवं तीव्र आवेगों से युक्त होता है, अतः उन्हें नियंत्रण में रखने का यही उपाय है कि उन्हें अदृष्ट एवं ऐसी ही अन्य मिथ्या बातों का भय दिखाया जाए। अतः प्राचीन समय में लोगों ने अकारण या अनायास नहीं अपितु जान-बूझकर देवताओं संबंधी धारणाओं एवं मृत्यु-पश्चात् के जीवन की संकल्पनाएं प्रचलित कीं। मूर्ख तो हम हैं जो इन भ्रांतियों को दूर करने का प्रयास करते हैं।'' (पोलिवियस, VI. 56)

''यह इस बात का प्रमाण है कि वर्ग-विभाजित रोमन समाज में अज्ञानी लोगों की अंधविश्वासी वृत्ति का लाभ उठाकर व्यवस्था बनाए रखने की प्रथा थी। जिसे क्रिटियास-पूर्व काल में किसी चतुर विधायक द्वारा आविष्कृत उपाय कहते हैं, उसके संबंध में पोलिवियस का कहना है कि दूसरी शती के रोम में यह उपाय सुधरे हुए रूप में पूरे जोरों से प्रचलित था। तो फिर यह क्यों माना जाए कि लुक्रेशियस के कष्ट का कारण चतुर्थ शती के यूनान की परिस्थितियों का निरूपण करनेवाले ग्रंथों में है ?''[63]

फेरिंग्टन यहां डॉ. गेली की धारणा का उल्लेख करते हैं जिसके अनुसार लुक्रेशियस ने अंधविश्वास को राज्य में कानून एवं व्यवस्था बनाए रखने के साधन के रूप में प्रयुक्त करने के विचार को प्राचीन यूनानियों से लिया है। इस धारणा के विरोध में वे ऐल्थेइस

को उद्धृत करते हैं कि "लुक्रेशियस जिस बात पर प्रहार करना चाहता था और जिसमें वह सफल भी रहा, वह था पूर्वदेशीय देवी-देवताओं का संसार, परलोक और वे जादुई कार्यकलाप जिनका निश्चित और अडिग आधार यदि अभिजात वर्ग में नहीं तो मध्य एवं निम्न वर्गों में अवश्य था। रोम की अपनी धार्मिक आस्था में नरक एवं प्रेतात्माओं की ध्वंसात्मक शक्ति की, विकट पिशाचों इत्यादि की संकल्पना अज्ञात नहीं थी। यह बात *मदर आफ द लेरीज़* की गवेषणा से सिद्ध है।"[64]

उपरोक्त धारणा का समर्थन करते हुए फेरिंग्टन दर्शाते हैं कि अभिजन वर्ग में भी एपिक्यूरसवाद के अनेक अनुयायी थे तथापि इस बात से सिसेरो इतना अप्रसन्न नहीं था जितना इस बात से कि एपिक्यूरस की रचनाओं के अनुवादकों ने नए सिरे से इस दर्शनशास्त्र को रोम में प्रचलित किया। जैसाकि फेरिंग्टन कहते हैं : "यह तो लेखन द्वारा आम लोगों में फैल जानेवाला एपिक्यूरसवाद था जिससे सिसेरो को घृणा थी, क्योंकि इन लेखकों की शैली लोकप्रिय थी और वे समस्त इटली पर छा गए थे।"[65] इस प्रकार प्रकृति के प्रति वैज्ञानिक दृष्टिकोण से भी धर्ममीमांसा की व्युत्पत्ति हो सकती है और यह जन-आंदोलन को अनुप्राणित कर सकता है, जैसाकि प्राचीन रोम में हुआ। धर्ममीमांसा के रूप में एपिक्यूरसवाद उतना ही बचकाना था जितनी कि कोई अन्य धर्ममीमांसा हो सकती है। किंतु किसी संगठित राजधर्म से यह इस बात में भिन्न था कि जनसामान्य के मन से देवताओं का भय निकालकर इसने संगठित राजधर्म के प्रकार्य को समाप्त कर दिया और इस प्रकार सिसेरो एवं उन जैसे अन्य विचारकों के लिए यह खतरनाक सिद्ध हुआ जो प्लेटो एवं उन जैसे अन्य विचारकों के राजनीतिक दर्शनशास्त्र को पुनर्जीवित करना चाहते थे अर्थात् अपने 'कल्याणकारी झूठों' द्वारा जनसामान्य को नियंत्रण में रखना चाहते थे।

उपसंहार

यूनानी दर्शनशास्त्र के बारे में अध्ययनों का क्रम जारी है और इस विषय पर निरंतर नई-नई पुस्तकें प्रकाशित हो रही हैं। परंतु अध्ययन और अनुसंधान की नई तकनीकों और उपकरणों से लैस ये विद्वान अगर अंततः अपनी पुस्तकों को बौद्धिक कबाड़े के ढेर में फेंके जाने से बचाना चाहते हैं तो बेहतर है कि वे एक जरूरी बात याद रखें—यह कि एक भ्रष्ट समाज ने अंततः उस यूनानी प्रतिभा को किस तरह भ्रष्ट कर दिया, जो प्राचीन विश्व के अजूबों में से एक थी।

संदर्भ

1. बर्नेट, 18 20.
2. श्वेगलर, 9-10.
3. उपरोक्त, 10.
4. फैरिंगटन, 38.
5. स्टेस, 28.
6. बर्नाल, 176.
7. उपरोक्त, 177.
8. फैरिंगटन, 50-1.
9. उपरोक्त, 51-2.
10. उपरोक्त, 48-9.
11. श्वेगलर, 14-5.
12. उपरोक्त, 21.
13. उपरोक्त, 21-2.
14. उपरोक्त, 21-2.
15. हेगेल, खंड 1, 279.
16. उपरोक्त, 283.
17. थॉमसन, 277-8.
18. उपरोक्त.
19. लेनिन, 349.
20. श्वेगलर, 17.
21. थॉमसन, 290.
22. उपरोक्त, 290-1.
23. फैरिंगटन, 56-7.
24. श्वेगलर, 19-20.
25. उपरोक्त, 23-4.

26. थॉमसन, 300, से उद्धृत.
27. थॉमसन, 300-1.
28. फैरिंगटन, 58.
29. उपरोक्त.
30. उपरोक्त, 62-3.
31. हेगेल, 319.
32. श्वेगलर, 30-1.
33. उपरोक्त, 33.
34. उपरोक्त, 34.
35. उपरोक्त, 38, में उद्धृत.
36. डनहम, 36-7.
37. श्वेगलर, 42.
38. बर्नाल, 93.
39. श्वेगलर, 83.
40. उपरोक्त, 84.
41. थॉमसन, 323-4.
42. उपरोक्त.
43. फैरिंगटन, 105-6.
44. स्टेस, 268-9.
45. श्वेगलर, 110.
46. मार्क्स, *पूंजी,* खंड 1, 59-60.
47. फैरिंगटन, 145-6.
48. लेनिन, 287.
49. उपरोक्त, 369.
50. श्वेगलर, 131.
51. स्टेस, 339.
52. स्टेस, 342.
53. फेरिंग्टन, जी. एस., 149-51.
54. कॉर्नफ़र्ड, 25 (फेरिंग्टन द्वारा उद्धृत, पृ. 62).
55. फेरिंग्टन, जी.एस., 62.
56. सिसेरो फेरिंग्टन द्वारा उद्धृत एच.एच.ए.जी., 88.
57. फेरिंग्टन, एच.एस.ए.जी., 89.
58. वही, 90.

59. वही, 91-92.

60. वही, 86-97 (बाल लेखक की ओर से).

61. वही, 97.

62. वही, उद्धृत 98.

63. वही, 100-103.

64. वही उद्धृत, 100-103.

65. वही, 104.

ग्रंथ-सूची

बर्नाल, जॉन डेस्मंड. *साइंस इन हिस्ट्री,* प्रथम प्रकाशन : लंदन 1954, प्रयुक्त संस्करण : पेंग्विन, 1969.

बर्नेट, जॉन, *ग्रीक फिलासफी,* खंड 1 : फ्रॉम थेल्स टू प्लेटो, लंदन, 1924.

डनहम, बैरोज़, *हीरोज़ एंड हेरेटिक्स,* न्यूयार्क, 1967.

हेगेल, जॉर्ज विल्हेल्म फ्रेडरिख, *लेक्चर्स आन दि हिस्ट्री आफ फिलासफी,* अंग्रेजी संस्करण, तीन खंडों में, लंदन, 1892.

फैरिंगटन, बेंजामिन, *ग्रीक साइंस,* प्रथम प्रकाशन : लंदन 1944, प्रयुक्त संस्करण : पेंग्विन, 1963.

किर्क, जी.एस. और रावेन, जे.ई. *दि प्रेसोक्रैटिक फिलास्फर्स,* कैंब्रिज, 1957.

लेनिन, व्लादीमिर इल्यिच, *फिलासाफिकल नोटबुक्स,* मास्को, 1961.

मार्क्स, कार्ल, *कैपिटल,* खंड 1, मास्को, 1954.

श्वेगलर, ए., *ग्रीक फ़िलासफी,* इसके पहले खंड *हिस्ट्री आफ फिलासफी* का अंग्रेजी अनुवाद लंदन से 1847 में प्रकाशित हुआ था, जिसे एक अलग पुस्तक के रूप में कलकत्ता से 1982 में पुनर्मुद्रित किया गया.

स्टेस, डब्ल्यू.टी., *ए क्रिटिकल हिस्ट्री आफ ग्रीक फिलासफी,* प्रथम प्रकाशन : लंदन, 1920, प्रयुक्त संस्करण : दिल्ली, 1982 (पुनर्मुद्रित).

थॉमसन, जॉर्ज, *फर्स्ट फिलास्फर्स,* लंदन, 1955.

...